KB098816

혼자일 것
행복할 것

혼자일 것
행복할 것

홍인혜 지음

루
나
파
크
∷
독
립
생
활
의
기
록

달

혼자가 적절한 사람들을 위해
혼자가 간절한 사람들을 위해

만사를 새삼스럽게

서른을 목전에 두고 여덟 달 정도 먼 나라를 떠돌았다. 매일이 낯섦의 연속이었다. 아침마다 생경한 천장 아래서 눈을 끔뻑거리며 '여기가 어디지?' 하고 되뇌었다. 마치 컴퓨터가 부팅되듯 잠자리에서 눈을 뜰 때마다 내가 속한 시공간을 파악하는 몇 초가 필요했다. 그 짙은 이방의 공기 속에서는 먹고, 마시고, 걷고, 자는 등 그야말로 평범한 일들조차 날마다 새로웠다.

특히 에든버러나 파리, 교토같이 서울과 영 딴판으로 생긴 도시에 머물 때는 모든 것이 너무나도 신선해서 '이런 신비로운 도시에서 나고 자란 사람들은 대체 어떤 생각을 하며 살까? 어떤 인간이 될까?' 싶었는데 막상 그 도시에서 나고 자란 토박이들은 그랬다. 저 고성도, 빛나는 탑도, 늘어선 고택들도 그네들에겐 너무 익숙한 광경이라 하나도 신기하지가 않다고. 아무런 자극도 주지 못하는 밋밋한 일상 공간일 뿐이라고.

그때 내가 느낀 것은 이것이었다. 여행에서의 하루가 짜릿한 건, 여행자에겐 만사가 새삼스럽기 때문이라는 것. 여행자에겐 버스의 모양도 낯설고, 신호등의 생김새도 희한하고, 맥주의 맛도 경이롭고, 낯선 언어로 빚어진 거리의 소음까지도 전혀 익숙하지 않다. 그 지독한 새삼스러움 속에서 감각의 단전이 활짝 열리고 그 틈으로 낭만이 속속 스며든다. 아, 여행의 맛은 그런 것이로구나. 감각은 얼마든지 열릴 준비가 되어 있고, 생경함은 사방에서 덤벼들고, 나는 거기에 저항 없이 흠뻑 취하고.

그렇다면 서울은 어떨까. 수십 해 살아온 나머지 나에겐 아무 새로움도 없는 이 도시도, 어떤 여행자에겐 자극이 빗발치는 신비의 공간이 아닐까? 이 무기질의 빌딩숲도, 무채색의 한강도, 듬성듬성 박힌 산도, 파리하게 빛나는 야경도 어떤 여행자에겐 가슴 벅찬 생경함이 아닐까? 나도 그런 여행자의 마음으로 살아야 하는 것이 아닐까? 온 감각의 창문을 활짝 열어두고 낭만에게 손짓하며 매일매일 새삼스럽게.

나는 이런 갸륵한 다짐과 함께 서울로 돌아왔다. 앞으로는 '서울 여행자'를 캐치프레이즈로 삼고 여행자의 마음으로 살고자 했다. 일상 모험가가 되고자 했다. 이 다짐이 효력이 있었는지 실제로 얼마간은 서울이 낯설어 견딜 수가 없었다. 살던 곳으로 돌아온 것이 아니라 새로운 곳으로 여행 떠나온 기분이었다. 지하철도 신선하고 아파트 단지도 인상 깊고 한강도 경이로웠다. 군중 속에 섞이면 귀에 스미는 음성들이 내가 이해할 수 있는 언어라 즐거웠다. 익숙한 땅이 이토록 새삼스럽다니 역시 장기 여행의 효과가 대단하다 생각했다. 이 새삼스러움이 이번 여행의 가장 큰 기념품이로구나, 이 생경함을 남은 평생 누려야겠어.

하지만 채 몇 달이 지나지 않아 나는 맨밥처럼 시시한 인간으로 돌아갔다. 본래 살던 동네의, 본래 살던 집으로 돌아와, 본래 하던 일로 복귀했기 때문일지도 모른다. 생경함은 신기루처럼 사라졌다. 하긴 수십 년을 봐온 지하철 노선도, 수백 번 건너다닌 한강, 수천 번 눌러온 엘리베이터 버튼 따위가 몇 달 여행했다 돌아왔다고 해서 영구히 신통할 리가 없었다. 서울 여행자는 무슨, 권태의 숙주가 되어 여행지에서 묻혀온 낭만의 향기를 매일매일 상실해갔다. 그토록 오래 낯선 땅을 떠돌았음에도 종국엔 '내가 언제 여행을 했던가' 싶을 정도였다. 어느 솜씨 좋은 인생 재단사가 나의 총천연색 여행 추억 여덟 달을 말끔하게 도려내 흔적도 없이 기워버린 기분이었다.

그렇게 일상이 칙칙해져갈수록 내 안의 '여행자 영혼'이 죽어가는 기분이라 울적했다. 아무 의욕도 생기지 않고 무엇에도 마음이 동하지 않았다. 그저 습관성 인생을 살았다. 달력을 보지 않으면 오늘이 며칠인지도 모르는 그런 인생 말이다. 정신을 차려보면 회사에 나와 있고, 또 퍼뜩 정신을 차려보면 퇴근 전철에 실려 있는 그런 일상 말이다.

그렇다면 나는 사위어가는 여행자의 영혼을 되살리기 위해, 새로운 여행을 떠나야 하나? 또다시 그것이 가능할까? 긴 여행에서 많은 돈을 탕진했다. 이제는 별수없이 생활자가 되어 꼼짝없이 일해야 하는데 새로운 여행이라니 과연 가능한 계획일까?

그때 마음속에 새로이 돋아난 생각이 있었다. 여행을 떠날 수 없다면 아예 삶의 형태를 바꿔보면 어떨까? 동네도, 가족 구성원도, 사는 방식도. 모든 것을 뒤집어엎어버리면 어떨까? 그렇게 일상의 틀이 뒤바뀌면 낭만도, 의욕도, 열정도 돌아오지 않을까? 인생의 캔버스가 바뀌면 다시금 만사가 새삼스러워지면서 일상도 또다른 장르의 '여행'이 되지 않을까?

그래 떠나자. 이 동네에서, 이 집에서, 이 지루한 기왕의 일상에서 벗어나자. 그래서 나는 독립의 꿈을 품었다. 이 권태와의 전쟁에서 이기기 위해서는 전장을 바꿔야 했다. 낯선 곳으로 이주해 다시 지독하게 혼자가 되어야 했다. 마치 여행을 온 것처럼 날마다 새삼스러운 하루를 맞이하기 위해, 내 속에서 하루하루 시들어가는 여행자의 영혼을 부활시키기 위해 나는 기어코 떠나야 했다.

contents

내 덕이
넘치나이다

나는 충동에 의해 행동하는 인간형은 아니다. 천성이 소심하고 결정이 굼떠, 결행해야 하는 일이 생겨도 그것을 오래 바라보고 망설인다. 나는 이것을 '마음의 로딩'이나 '마음의 버퍼링'이라 부른다. 이런 나와 반대로 어떤 누군가는 충동이 이는 것과 동시에 실행 버튼을 누른다. '저게 사고 싶어!' 그러면 바로 구매! '저기에 가야겠어!' 하면 바로 직행! 하지만 나는 그런 류의 인간이 아니었다. 나는 실행 버튼을 누르기까지 간절함이 차곡차곡 차오르기를 기다리는 사람이었다. 집을 떠나 독립해야겠다, 혼자 살아야겠다는 생각이 새싹처럼 마음에 돋아났지만 이건 로딩 10% 정도에 불과했다. 어쩌면 인생을 바꿀지도 모를 빅 플랜인 만큼 이 마음은 임계점까지 더 차올라야 했다. 그런데 이 시기 이 마음의 로딩을 가속화시킨 일이 발생한다.

덕후란 무엇인가? 무언가를 좋아하기 시작하면 가슴에 소용돌이가 생긴 것처럼, 출렁이는 온 마음이 한 지점으로 빨려들어가버리는 사람들을 말한다. 삶이 오직 한 존재를 향해 회오리치는 통에 도무지 정신을 차리기 힘든 사람들을 말한다. 그들은 좋아함에 겨워 대상의 알파부터 오메가까지 모두 파악하고 싶고, 그것에 대해 혹여 놓치는 부분이 있을까봐 조바심에 허덕이곤 한다. 나는 이런 사람들에게 일종의 덕후 유전자, 줄여 말해 덕전자가 있다고 생각한다.

나 역시 이런 덕전자의 지배를 받는 사람이었다. 한때는 만화에 빠져 만화책을 사 모으고, 만화동아리에 가입하고, 일본어를 공부하고, 원서를 사서 보고, 손수 패러디 만화를 그리는 등 덕력을 발휘한 바 있다. 또 한때는 홍콩 영화에 빠져 온 방을 이연걸과 주성치의 사진으로 도배하고, 청계천 뒷골목을 떠돌며 〈정무문〉이니 〈도학위룡〉이니 하는 비디오테이프들을 사다 모은 적도 있다.

그리고 가장 심각했던 건 어떤 연예인에게 빠져 있을 때였다. 그의 활동일정에 따라 움직이고, 비는 시간은 그를 알리기 위한 영업활동이나 부질없는 망상으로 소진하고, 진로까지 그와의 접점을 생각하며 구상했다. 고백하건대 내가 광고 일을 택한 데에도 그의 영향이 없진 않다. 이런 수년에 걸친 팬 생활은 해당 연예인의 반영구적 활동중단으로 마무리되었는데 나는 당시 몹시 애통해하면서도 한편으로는 퍽 후련해했다. 다시 그를 볼 수 없음이 사무치게 슬펐지만, 온 마음이 소용돌이쳐 빠져나가는 배수구가 닫혀 내심 기뻤다. 이제야 잔잔한 나의 삶을 살 수 있게 되었기 때문이다. 나 이제 내 인생을 살 수 있어! 남의 인생보다 내 인생을 으뜸으로 놓을 수 있어! 미래의 계획도 세울 수 있어! 그의 활동 기간에, 여행도 떠날 수 있어!

인생까지 저당잡혔을 정도로 강렬했던 이 경험은 일종의 트라우마가 되었다. 그후로는 무언가에 빠져들기 시작하면 자연스럽게 덜커덕 마음의 제동장치가 작동한다. 다시금 일상생활에 지장을 줄 정도로 무언가에 몰입하는 경험은 지양하고 싶었기 때문이다. 나도 성실한 이 사회의 구성원으로서 힘껏 먹고살아야 하지 않겠는가. 하지만 운명이란 언제나 예측 불허, 그리하여 생은 그 의미를 가진다.★

새로운 덕질의 씨앗은 은행에서 비롯되었다. 정기예금이나 들까 해서 은행을 찾았는데 푸근한 인상을 가진 중년의 남자 직원이 나를 응대했다. 이율이 다 고만고만해서 고개를 갸웃하는 나에게 그가 말했다.

"고객님, 이번에 나온 상품인데, 프로야구 정기예금 어떠세요?"
"그게 뭔가요?"

★ 신일숙, 『아르미안의 네 딸들』.

"응원하는 구단을 정하고요. 그 구단의 순위가 작년보다 올라가면 고객님의 수익률이 올라가는 방식이에요."

재테크가 무슨 스포츠 토토도 아니고, 사행성을 내포하다니 참으로 희한한 시스템이었다. 본디 이런 류의 불확실한 투자를 선호하는 편은 아니지만 여타 정기예금도 이율이 빽했고 그나마 이 상품이 개중 그럴듯해 보였다.

"그런데 제가 야구를 아무것도 모르는데······ 응원하는 구단을 어떻게 정하죠? 올해 어느 구단이 잘할까요?"
"올해는 엘지 트윈스가 잘할 겁니다. 작년에 아주 못했기 때문에 올해 작년보다 치고 올라갈 가능성이 높죠."

서글서글했던 그의 눈이 '엘지 트윈스'를 이야기하며 미세한 광기를 띠었음을 내가 감지했어야 했다. '작년에 아주 못했기 때문에 올해는 잘할 것'이라는 예측이 얼마나 비논리적인지도 파악했어야 했다. 하지만 나의 둔감함은 그것을 무심히 넘겼고 나는 '응원구단' 칸에 '엘지 트윈스'라고 또박또박 써내고 돈을 예치했다. 은행 볼일을 보고 사무실로 돌아온 내가 주변 동료들에게 엘지 트윈스에 자산을 걸었다고 말했더니 사방에서 모터처럼 혀를 찼고 기관차처럼 한숨을 쉬었다. 모두 나에게 속았다고 했다. 계약 10분 만에 실패한 투자 판정을 받았다.

그래도 나는 엘지 트윈스가 잘하기만을 바라야 하는 처지가 됐다. 내 자산이 걸린 문제였기 때문이다. 별수없이 경기 결과를 흘끗거리게 되었고 야구 지식을 주위 삼키게 되었고, 급기야 초등학교 졸업 이후 처음으로 야구장 나들이까지 가게 되었다. 하지만 그렇다고 내가 곧장 야구팬이 된 것은 아니었다. 사실 나는 오랜 덕력을 쌓아왔지만 그 장르는 늘 문화와 예술이었고 그동안 내가 집중적으로 연모하던 건 어디까지나 '개인'이었다. 전 국민의 축제인 월드컵 시즌에도 미온적 태도로 일관해온 내가 스포츠에, 그것도 개인도 아닌 구단에 빠질 거라고는 생각하지 않았다. 야구장에 온 나에게 누가 댁은 어디 팬이냐고 물어오면, 그냥 치킨 먹고 맥주 마시러 왔다고, 치킨 냠냠스나 맥주 꿀꺽스의 팬이라고 답했다.

이런 식의 방심이 나의 제동장치를 해제한 게 틀림없다. 문득 정신을 차려보니 나는 팀 내 모든 선수들의 스탯과 응원곡을 외우고 있었고, 매일 저녁 6시 20분부터 초조해지기 시작했다. 퇴근길 야구 시청을 위해 휴대폰 요금제를 바꿨으며, 저녁 약속을 기피하기 시작했다. 야구 경기를 보다 엘지 트윈스에서 실책이 나오면 불벼락처럼 욕을 하기 시작했고, 노장 선수의 투혼엔 눈물을 훔치기 시작했다. 진 날은 진 게 슬퍼 맥주를 땄고, 이긴 날은 이긴 게 기뻐 맥주를 땄다. 매일같이 야구 기사를 탐독하면서 어느 날 엘지 트윈스의 기사에 달린 악성 댓글에 욱하여 신고 버튼을 누르며 깨달았다. 나 지금 뭐하는 거지? 나의 덕전자가 발동하고 말았구나. 나는 이미 늦어버렸구나.

괜찮아 괜찮아 하며 슬금슬금 걸어가다 뻘밭에 허리까지 빠져 버린 격이었다. 가랑비에 옷 젖는 줄 모른다더니, 살금살금 불어난 애정이 마음의 제방을 허문 모양이었다. 아뿔싸. 나는 이미 한 명의 훌륭한 야빠였다. 내가 나의 덕전자를 너무 만만하게 생각했다.

야구와
독립의 상관관계

스포츠 팬들이 '그깟 공놀이'라고 자조적으로 표현하는 것을 본 적이 있다. 나는 그깟 공놀이에 어쩌다 이렇게 빠져버린 것일까? 곰곰이 따져보니 야구에는 그간 내가 덕력을 쌓았던 모든 분야의 짜릿함이 버무려져 있었다. 최초로 내가 덕력을 쌓았던 분야는 만화였다. 그런데 놀랍게도, 야구에는 만화 같은 스토리가 있었다.

'야구는 9회 말 투 아웃부터'라는 근사한 말이 있다. 하지만 사실 못하는 팀은 9회 말이건 99회 말이건 마지막의 마지막까지 그저 탈탈 털리기 마련이고 막판 뒤집기 같은 극적인 순간은 극히 드물다. 하지만 아예 없진 않다는 사실! 이제 정말 끝장이다 싶어 주먹으로 눈물을 훔칠 때 기적같이 모든 것이 뒤집어질 때가 있고 그 희열은 말로 표현할 수가 없다.

또 내가 덕력을 쌓았던 분야 중 하나는 이연걸과 주성치로 대표되는 홍콩 영화였다. 놀랍게도 야구에는 홍콩 영화 주인공 같은 히어로도 있었다. 때로는 다른 팀에서 방출된 무명 투수가, 때로는 은퇴를 목전에 둔 노장이, 때로는 솜털 보송보송한 신인이 수십만 명의 슈퍼 히어로가 된다. 그것도 픽션이 아닌 실제 상황으로 말이다.

마지막으로 내가 덕력을 쌓았던 분야는 가수였다. 그런데 야구는 매일 다르게 연출되고, 매일 새로운 노래들로 구성되는 세 시간이 넘는 생방송 콘서트였다. 그것도 몇 달째 계속 이어지는 장기 공연. 텔레비전만 틀면 언제라도 볼 수 있는. 그렇게 나는 그토록 좋아해온 만화와 홍콩 영화와 좋아하는 가수의 공연, 그 모든 것의 짜릿함이 한데 어우러진 프로야구에 빠져들었다.

좋아하는 것이라면 알파부터 오메가까지 꿰뚫어야 하는 덕전자의 명령에 따라, 나는 시즌 중 펼쳐지는 모든 경기를 시구 장면부터 승리 팀 인터뷰까지 꿰지 않으면 조바심이 나 미칠 것 같은 인간이 되었다. 하지만 퇴근 후 한참 몰입해 야구 중계를 보고 있으면 엄마나 아빠가 나타나 한결같은 대사를 치셨다.

"아홉시 뉴스 보자."

이기느냐 지느냐 애간장이 끓는 판에 뉴스를 틀라니, 울화통이 터졌다.

"맨날 똑같은 뉴스를 뭐하러 봐?"

"너야말로 맨날 똑같은 야구를 뭐하러 봐?"

맨날 똑같은 건 뉴스일까, 야구일까. 부모님의 눈에 뉴스는 매일 새로운 소식이었고 야구는 매일 뻔한 승패였다. 나의 눈에 뉴스는 매일 그 나물에 그 밥이었고 야구는 날마다 충격적인 시나리오였다. 이 대립을 어찌 좁히랴! 나는 얹혀사는 입장에서 매일 결정적 순간에 방으로 퇴진해 휴대폰이나 컴퓨터의 툭툭 끊기는 화면으로 남은 경기를 관람해야 했다. (그때만 해도 야구 중계를 텔레비전 외의 매체로 보려면 DMB나 인터넷 방송국 등으로 힘겹게 봐야 했다. 지금이야 프로야구 중계가 인터넷으로 원활히 송신되어 그럴 일이 없지만……)

그 지경이 되자 나의 마음속에 낭만의 한 장면이 펼쳐졌다. 초여름의 어느 날, 길어진 햇살 속에서 귀가하는 나의 모습. 집에 오자마자 나만의 텔레비전을 켜고 파자마로 갈아입는 나의 모습. 야구 중계를 틀어놓고 물방울이 송골송골 맺히는 캔맥주를 따고 적시타에 환호하는 나의 모습. 아홉시 뉴스가 시작되어도 채널 독점권을 가질 수 있는 나의 모습. 이 장면이 마음속에 구체화되자, 정말로 독립하고 싶다는 생각이 들었다. 독립 낭만이 구체화됐다. 어쩌면 낭만이라는 것은 찍어본 적 없는 한 장의 사진일지도 모른다. 특정 장면으로 구체화된 하나의 소망. 나는 야구팬이 되어 맞이한 첫 시즌이 막을 내린 그 겨울부터 독립의 꿈을 구체화하기 시작했다. 내년에 시작될 시즌은 나만의 공간에서 나만의 텔레비전으로 보고 싶었기 때문이다.

그건 그렇고 나의 투자는 어찌되었냐고? 그해에 엘지 트윈스는 전년도 성적인 6위에서 한 단계 떨어진 7위로, 꼴찌 한 단계 위의 성적으로 시즌을 마무리했다. 덕분에 나의 재테크는 모두의 예측처럼 장엄하게 실패했다. 이미 야구장 티켓값이나 유니폼값으로 돈을 써댔기 때문에 설령 투자가 성공했다손 쳐도 본전이었다. 하지만 모든 덕후는 기본적으로 호구다. 투자가 실패했음에도 새로운 덕력을 쌓았기 때문에, 새로운 삶의 빛을 찾았기 때문에, 별로 아쉽지 않았다.

*

정기예금에 든 지 1년이 지나고 마침내 예치 기간이 끝나 돈을 찾으러 은행에 갔다. 그런데 1년 전 나를 응대하고, 나를 야빠의 길로 인도하신 아무개 계장님이 안 보였다. 다른 행원분께 여쭤보니 타 지점으로 옮기셨다 했다. 나에게 엘지 트윈스를 권하고, 빠져들게 하고, 독립까지 이르게 하신 당신께 이 지면으로 아주 조금의 원망과 큰 감사를 전합니다.

외로움

독거인의 마음 바탕색.
하지만 꼭 부정적으로 해석할 필요는 없다.

배고픔이 위장의 허기라면
외로움은 관계의 허기.
때로 가득찬 위장보다
허기가 되레 뿌듯하고 감미로울 때가 있는데
외로움도 그와 같다.

관계의 과잉으로 영혼이 부대낄 때 (마치 과식처럼)
타자를 탐닉하느라 자아를 잃었을 때 (마치 식탐처럼)
우리는 사람을 굶어야 한다.
고독이라는 처방을 받아야 한다.

언니를
믿어요

여행하며 유럽에 머물 때 가깝게 지냈던 한국 언니가 있었다. 언니의 애인은 외국인이었다. 고국에 계신 언니의 부모님은 꽤 보수적인 분들이라 들었다. 피부색이 다른 애인과 결혼까지 생각한다는 언니의 말에 내가 장난스레 물었다.

"언니, 집에 사윗감으로 외국 사람 데려가면 부모님 쓰러지시지 않을까?"
"쓰러지시겠지."

언니는 잠시 생각하다 말을 이었다.

"괜찮아. 부모님은 어떻게든 다시 일어나셔."

독립에 대해 운을 뗐을 때 나의 부모님, 특히 엄마는 단호하게 고개를 저었다. 이유는 명료했다. 같은 서울 하늘 아래에 살면서, 이렇다 할 이유도 없이, 왜 굳이 혼자 나가 사느냐는 말이었다. 돈은 돈대로 들 것이고, 건강은 건강대로 상할 거라 하셨다. 독거 여성의 삶은 위험하기 짝이 없다 하셨고, 세상천지 우리집보다 좋은 데가 어디 있냐 하셨다.

사실 부모님의 이 모든 걱정과 부정적 예측이 아주 틀린 것만은 아니었다. 내가 가족과 살던 집을 나서면 목돈을 들여 새 주거 공간을 구해야 할 것이고, 본가의 내 방은 잉여공간이 될 것이다. 피차 낭비였다. 그리고 살림에 있어서 나는 엄마에게 일종의 신용불량자였다. 엄마는 수십 년 봐왔다. 집에서 쉴 적엔 소파처럼 카펫처럼 '그저 비치되어 있는 것'이 지상과제이자 '그저 존재하는 것'이 인생목표인 나를. 저 화상이 끼니마다 밥이나 끓여먹고 살지 염려하시는 것도 십분 이해가 갔다.

하지만 난 이미 독립의 꿈을 확실히 품고 있었다. 만사가 새삼스러운 삶으로 회귀하고 싶었고 나를 낯설게 바라볼 공간이 절실했다. 오로지 나만이 다스리는 공간을 갖고 싶었고 그 안에서 자유롭고 싶었다. 그것을 얻을 수 있다면 목돈을 써도 낭비가 아니라고 생각했다. 오롯이 나 홀로 매지니먼트하는 시공간이 생기면 스스로를 능숙하게 챙길 자신도 있었다. 이 모든 생각을 진지하고 간곡하게 털어놓았지만 엄마 미간의 골도, 우리 의견의 골도 메워

지지 않았다. 마침내 엄마는 중얼거렸다.

"시집이나 가지, 뭣 하러 나가 살아?"

그래, 그거였다! 엄마가 내세운 수많은 반대의 이유들 또한 모두 진심이었겠지만, 그 근원에 도사리고 있었던 본질적 이유는 결혼 적령기의 딸이 혼사가 아닌 다른 형태로 품을 떠나는 것이 싫었기 때문이었다. 삼십 줄로 성큼성큼 들어서는 저 과년한 가시내의 머릿속에 변변한 결혼 계획이라도 박혀 있는지 안 그래도 의심스러울 판에 독립이라니! 적어도 몇 해는 묵었다 시집가려는 것 아니야? 아니 그렇게라도 가면 다행이게, 혼자 사는 게 체질이다 싶으면 영 안 갈 수도 있을 것 아니야? 엄마의 걱정은 그것이었다.

둘러보니 우리 엄마뿐 아니라 내 주변 수많은 동무들의 부모님들이 같은 이유로 자녀의 독립을 반대하셨다. 조신하게 부모 곁에서 살다 때 되면 시집이나 가지, 왜 돈 들여가며 험한 길로 나서는지 잘 이해하지 못하셨다. 친구 중에 부모님의 모든 반대를 무릅쓰고 기어이 원룸을 얻어 나간 독립 선배가 있었는데 어머니께서 이삿날 새로 얻은 그녀의 집에 와보시더니, 이런 개 콧구멍만한 데서 궁상떨며 살려고 그 좋은 우리집을 나갔느냐며 눈물을 훔치셨단다. 그 눈물의 끄트머리에는 역시 '얌전히 곁에 살다 시집이나 갈 것이지……' 하는 탄식이 딸려 있었고 말이다.

사실 이해 못할 부분은 아니다. 부모님들께서는 자식의 안온한 삶을 위해 늘 노력해오셨을 테고, 그 따뜻한 품을 굳이 떠나 제 발로 불안한 세상으로 나가려는 자식이 도무지 이해가 안 가실 것이다. '내가 너랑 살면서 너한테 뭘 못해줬다고 내 품을 떠나!' 하는 원망의 마음이 드는 건 어찌 보면 당연하다. 나는 부모님의 반대를 겪으며, 외국에선 나이 먹은 자식이 부모와 한집에 사는 걸 더 이상하게 본다는 둥, 미국 드라마에서 보고 들은 지식을 떠들어댔지만 사실 드라마 속 그네들과 나는 달랐다. 너끈히 혼자서도 살아갈 만큼 독립적인 모습을 보여드린 적도 없고, 늘 해주시는 대로 받기만 했다. 제가 필요할 적엔 '어린 자식'의 처지를 활용해 엄마의 품에 아빠의 등뒤에 숨어 취할 것은 취했으면서, 이제와 나는 어른이니 독립시켜달라 종알거리는 것도 송구한 일이었다. 그런 것인가. 나는 이 송구한 마음으로 이 집에 주저앉고 마는 것인가.

이런 생각을 할 무렵, 회사 선배와 독립생활에 대한 대화를 하게 되었다. 나보다 너덧 살 위인 그녀는 한때 독립을 꿈꿨지만 지금은 다 접고 그냥 부모님과 살고 있었다.

"나올 수 있을 때 나와. 더 지나면 진짜 못 나와요."
"왜요?"
"부모님이 눈에 밟히기 시작하면…… 그땐 절대 못 나와요."

죽비로 후려친 것 같은 충고였다. 생각해보니 그랬다. 엄마가 가스불을 깜박깜박하기 시작한다면? 아빠의 무릎이 아파오기 시작한다면? 그때 나는 부모님을 떠날 수 있을까? 그 마음 짠한 이별을 감당할 수 있을까? 부모님이 내 보살핌을 받아야 하는 때가 온다면, 내가 그분들의 보호자가 되어야 하는 시점이 온다면 내가 그 모든 책무를 저버리고 집을 나설 수 있을까? 엄마 아빠가 아직 눈에 밟히지 않는 지금, 오히려 엄마 아빠가 나를 눈에 밟혀 하는 지금이 떠날 수 있는 마지막 찬스가 아닐까?

이젠 주저 없이 추진할 때였다. 런던에서 만났던 언니의 말도 생각났다. 제멋대로인 자식 때문에 부모님은 쓰러질지언정 결국 다시 일어나실 거야. 페르난도와 결혼하겠다는 딸내미 때문에 몸져누우실지언정, 웨딩마치를 보려고 슬쩍 일어나실 거야. 개 콧구멍만한 원룸으로 뛰쳐나가 엄마의 눈물을 뺀 친구도 말했다. "우리 엄마가 말은 그렇게 해도 이사하는 날 우리집 싹 걸레질해주고 가시더라."

자식들이란 결국 이기적인 종자들인가보다. 나는 회사 선배의 말처럼 이런 기회가 다시 오지 않을까 염려되어, 런던 언니의 말처럼 일곱 번 쓰러져도 일어나실 부모님의 회복력을 믿으며 불도저처럼 독립을 추진했다. 그래도 조금의 위안을 드리고 싶어서 이런 말도 덧붙였다. "엄마, 나 이대로 결혼하면 평생 혼자 못 살아보는 거잖아. 결혼하기 전에 혼자 살아보고 싶어. 딱 1년이라도 말이야. 독립적인 삶을 살아본 인간이 공동생활도 성숙하게 하지 않겠어?" (상기 문장은 결혼문제 때문에 독립을 반대하시는 모든 부모님께 잘 먹히는 표현이니 참고하시라.) 나의 이런 설득에 엄마는 요 가시내의 머릿속에 결혼이 아예 없진 않나보다, 썩 내키진 않지만 1년 정도면 뭐…… 하며 마침내 허락하셨다.

두 명의 언니가 나에게 도움을 주었고,
다행히 누구도 쓰러지지 않았다.

부동산 투어

독립이란 나에게 낭만의 실현이었기 때문에 그 과정도 낭만적일 거라 생각했다. 부동산을 통해 집을 얻는 과정 역시 더없이 낭만적으로 상상했다. 부동산 거래를 한 번도 해본 적이 없는 나의 환상 속에서 집 계약은 이런 식이었다.

어느 나른한 오후, 따사로운 햇살이 비치는 복덕방 문을 열고 들어서면 그 동네에서 오래 살아온 나이 지긋한 중개인이 나를 맞아준다. 그는 많은 사람과 공간을 다뤄왔기에 삶의 지혜로 충만한 사람이다. 우리는 낡은 테이블을 앞에 두고 뽀얗게 김이 솟는 차를 마시며 살가운 대화를 나눈다. 그는 나에게 옷도 신발도 아닌 '집'을 구해줘야 하는 사람이니까 내가 어떤 사람인지를 잘 알아야 하지 않겠는가. 나는 내가 원하는 공간에 대해 수줍게, 하지만 확실하게 설명하고, 중개인은 나의 의사를 충분히 이해한다. 긴 대화 끝에 나는 잘 부탁드린다며 고개를 조아리고 집으로 돌아간다. 그리고 며칠 후 나는 그의 전화를 받는다. 수화기 너머 달뜬 중개인의 목소리 "아가씨에게 딱 어울릴 만한 집이 나왔어요!" 그리고 나는 날 위해 운명처럼 준비된 그 집을 계약하고 천년만년 행복하게 살아가는 것이다.

부동산에서 한 번이라도 집을 구해본 적이 있는 사람이라면 나의 이런 낭만이 얼마나 허무맹랑한 백일몽인지 단박에 알았을 것이다. 나는 위에 줄줄 늘어놓은 낭만을 가슴에 품고 어느 오후 부동산을 찾았다. 손때 묻은 나무 테이블이나 인생의 지혜를 통달한 것 같은 늙수그레한 부동산 아저씨는 없었고, 우리 회사 사무실과 똑 닮은 사무용 가구들과 연식이 좀 되어 보이는 컴퓨터 사이에서 늙지도 젊지도 않은 남자가 튀어나왔다.

"무슨 일이세요?"
"저…… 집…… 구하려는데…… 전세로……."
"얼마짜리로요?"

그가 나에게 물어본 건 그게 전부였다. 내가 어떤 사람인지, 내가 어떤 집을 원하는지, 어떤 집이 나와 궁합이 맞을지는 중요하지 않았다. 단지 내 손에 쥔 액수만이 변수였다. 그는 나와의 짧은 대화를 마치고 여기저기 전화를 돌리기 시작했다. 그가 전화를 돌리는 사이 건너 자리의 동료 중개인 아주머니가 "요즘 전세 씨가 말랐어요. 부르는 게 값이야. 그 값에 맞는 집이 있을까 모르겠네……" 하고 중얼거렸다. 몇 년간 개미처럼 모은 나의 저축액이, 왕처럼 집을 고를 수 있을 줄 알았던 금액이 부동산 방문 10초 만에 초라해지는 순간이었다. 약 5분 후 남자 중개인은 전화기를 내려놓고 재킷을 떨쳐입으며 "그럼 가봅시다!" 하고 벌떡 일어섰다. 나는 어안이 벙벙했다. 서로를 파악하는 섬세한 상담은 어디에? 아니 그리고 집이 무슨 편의점 담배처럼 이렇게 말 꺼내면 바로 튀어나오는 품목이었단 말인가?

"지, 지금 바로 가서 보는 건가요?"

"네, 바로 가서 봐야죠. 전세는 망설이면 나가고 없어요. 그리고 이 동네 부동산들 다 연결되어 있어서 전화만 돌리면 매물 쫙 나와요. 다른 부동산 가보실 필요도 없어요."

그와 나의 매물 투어는 그렇게 시작되었다. 낭만의 산산조각에는 긴 시간이 필요하지 않았다. 부동산은 그저 의뢰인과 나온 매물을 매칭시켜줄 뿐이고 거기엔 오직 금액만이 변수였다. 그나마 전세난에 매물도 극히 줄어들었다고 했다. 전세가 떴다 하면 달려가서 봐야 하고, 이거다 싶으면 계약을 해버려야 했다. 부동산을 찾은 그날 세 개 정도의 집을 보고 그후로도 연락을 받고 찾아가

몇몇 집을 더 봤다. 생전 처음 경험하는 '남의 집 투어'는 그렇게 시작되었다.

집을 본다는 것은 기묘한 경험이었다. 나는 치밀하고 꼼꼼한 성격답게 집을 고를 때 고려해야 할 체크리스트도 만들어둔 상태였다. 채광이니, 수압이니, 집 구조니, 관리비니, 체크해야 할 것을 A4용지에 빼곡히 작성해뒀다. 이 표를 손에 들고 매물로 나온 집의 곳곳을 다니며 속속들이 체크하는 나의 모습을 상상했는데, 막상 진짜 사람이 살고 있는 남의 집에 들어가 감사 나온 공무원처럼 체크해대기란 쉬운 일이 아니었다. 어떤 집에선 커플이 김치찌개를 끓이다 나를 맞이했고, 어떤 집에선 트레이닝복을 입은 남자가 공부를 하다 나를 맞이했고, 어떤 집에선 아기 엄마가 보채는 아이를 안고 나를 맞이했다.

생각해보니 손님으로 초대된 것도 아니고, 낯선 이의 집에 불쑥 들어가본 경험은 나에게도 처음이었다. 각자의 삶의 냄새가 자욱한 그 공간에 저벅저벅 침입해 수돗물도 틀어보고, 변기 물도 내려보고, 창문도 열어보고, 벽도 두드려보고, 장판도 쓸어보고 하는 일련의 과정이 내가 응당 해야 할 일임에도 낯설고 어색했다. 사실 거주인들도 몹시 어색해하는 눈치였다. 내가 집 곳곳을 살피는 동안 문지방에 서서 애매하게 웃으며 손을 비비고 서 있었다. 어떤 집은 아예 거주인이 출타중이었다. 부동산 중개인은 익숙한 듯 남의 집 비밀번호를 또또또 누르고 자기 집처럼 문을 열어줬는데 주인도 없는 빈집에 들어서는 기분이 정말 희한했다. 간밤에 쓴 식기는 고춧가루가 묻은 채 개수대에 쌓여 있고, 급히 나가느라 장롱 문도 한쪽 열어둔 그런 남의 빈집에 들어가 멋대로 이곳 저곳 들쑤시며 둘러보자니 빈집털이범도 아니고 영 심사가 수상했다.

애초 덧없는 환상으로 시작된 부동산 탐방이었지만 나는 현실의 냉정한 회초리에 금세 정신을 차렸다. 마음에 차는 집은 영 나타나지 않았다. 위치, 안전, 채광, 단열, 수압, 구조 등등 모든 조건을 만족시키는 집은 내 예산 안에 없었다. 사람은 집을 구하며, 내가 살고 있는 세상이 자본주의사회임을 통감하는 것 같았다. 모든 것은 돈의 논리였다. 돈을 더 쓰면 햇빛이 몇 룩스 더 들어오고, 돈을 더 쓰면 집이 몇 평 더 넓고, 돈을 더 쓰면 좀더 역에서 가깝고, 돈을 더 쓰면 안전을 보장받을 수 있었다.

돈에 따라 결정되는 삶의 질이라니! 너무도 당연한 논리인지라 이제 알아챈 게 우스울 정도였다. 하지만 지금껏 살며 내가 금액에 따라 골라왔던 건 집에 비해선 하찮은 품목들이었다. 당연히 옷도 돈을 더 쓰면 좀더 보드랍고, 밥도 돈을 더 쓰면 맛이 훌륭하지만 그건 대부분 '단기간'의 만족감을 좌우하는 것들이었다. '인생' 레벨까지 가진 않을 정도의.

하지만 집은, 돈이 모자라 채광을 포기한다면 날마다 어두운 집에 살아야 할지 모르는 노릇이고, 역세권을 포기한다면 수년간 출퇴근길을 땀을 뻘뻘 흘리거나 어깨를 덜덜 떨며 걸어야만 했다. 무엇보다 예산에 따라 집의 안전도가 달라졌다. 가로등 훤한 큰 길가냐, 후미진 골목 구석이냐. 타고 올라가기 힘든 고층이냐, 침입하기 쉬운 저층이냐. 나는 이러한 현실에 직면하여 돈이 나의 안전, 과하게 말해 목숨까지 좌지우지한다는 사실을 깨달았다. 인생의 수레바퀴를 컨트롤할 장대한 부분들이 돈, 오직 돈에 의해 결정나고 있었다.

돈의 논리에 한참을 휘둘리다보니 영 마음이 춥고 어수선했다. 무슨 범죄사건 현장이라고 해도 믿을 법한, 모든 것이 부서져 있는 음산한 집에 중개인이 나를 데려가 "널찍하고 아늑하죠?" 했을 때는 그만 맥이 탁 풀렸다. 속으로 중얼거렸다. '아저씨라면 이런 집에서 살 수 있겠어요?'

어쩌면 세상에 나를 위한 집 따위 없는지도 모른다는 생각에 날로 울적해졌다. 사무실 창밖을 내다보면 서울엔 건물이 빼곡하고 창문마다 빛이 훤한데, 저 많은 집들 가운데 내 몸 하나 깃들 곳이 없다니 암담해졌다. "거봐라! 세상에 우리집만큼 좋은 데가 어디 있다고!" 하는 엄마의 의기양양한 목소리가 머릿속을 떠돌았다.

휴대폰에 전화번호를 저장할 때
주로 「이름＋직함＋님」의 조합을 지킨다

해서 이러한 원칙에 따라
현재 세들어 사는 집의 주인번호를 저장하는데…

뭔가 이상한 거다

이런 느낌…?

나홀로 「님」자를 넣을지 말지 오래 고민했다

운명의
그 집

위치나 채광, 단열이나 수압 같은 기본적인 부분들만 따져도 원하는 집을 구하기 힘든 판에 나에겐 인테리어 욕심까지 있었다. 이미 전세난의 모진 따귀를 맞았기 때문에 그림같이 아름다운 집을 꿈꿀 정도로 정신머리가 없진 않았지만 그래도 나의 심미안에 큰 쇼크를 주는 집에 들어갈 수는 없었다. 나는 무엇을 고를 때건, 기능보다 디자인을 중시하는 사람이기 때문이었다.

　중개인과 함께 매물 투어를 할 때 이따금 나를 경악하게 했던 것은 추악한 벽지들이었다. 시뻘겋고 거대한 꽃이 주렁주렁 박힌 벽지들이 왜 그리 많은지. 벽지들이 온몸으로 존재를 웅변하고 있었다. 나는 사람 머리통만한 열대식물이 만개한 그런 집에선 도저히 살 자신이 없었다. 혹은 이전 세입자가 붙여둔 큼직한 스티커들이 잔뜩 붙은 집도 있었다. 온 집이 뽀로로 월드였다. 그뿐이랴,

때로는 기묘한 컬러의 싱크대를 만나기도 했다. 전통의 강호 옥색 싱크대도 있었고, 괴이한 패턴이 아로새겨진 핏빛, 아니 고상하게 말하면 와인색 싱크대도 있었다. 집을 답답하게 만드는 불그레한 몰딩이나 싸구려 느낌이 물씬 풍기는 빤드르르한 노랑 장판, 아랫부분이 썩어가는 갈색 문짝, 때에 전 욕실 타일 같은 건 애교 수준이었다.

내가 집을 보러 다닐 무렵은 한창 셀프 인테리어 붐이 일던 시기였다. 인터넷 블로그 등지에서 많은 사람들이 맨손으로 자신의 집을 환골탈태시켰다. 보다보니 나도 할 수 있을 것 같았다. 나는 집을 볼 때마다 조심스레 너무 마음에 안 차는 부분들, 예를 들어 벽지나 싱크대 따위를 직접 손보고 살아도 되느냐고 물었지만 많은 집주인들이 꺼렸다. 집은 엄연히 그들의 것이고, 주인 입장에서 응당 반대할 법한 사안이었다. 하지만 이따금 시뻘건 왕꽃 벽지를 가리키며 집주인이 눈을 동그랗게 뜨고 "아니, 요번에 새로 도배한 건데 왜? 아가씨들이 좋아하는 꽃무늬잖아" 하고 말하면 안타까워 가슴이 턱 막혔다. 기왕 새로 할 것을 도대체 왜 재앙의 왕꽃 벽지로 하신 거예요. 세상에 저런 꽃을 좋아하는 아가씨는 없다고요. 그냥 하얗게만 하셔도 됐잖아요, 네?

내가 영 집을 고르지 못하자 중개인이 야금야금 내 예산보다 더 비싼 집을 소개하기 시작했다. 한번은 예산보다 훌쩍 비싼 집을 보러 가자고 하기에 어차피 들어가지도 못할 집인데 공연히 마음에 들면 속만 쓰리지 않겠냐며 고개를 저었지만 굳이 나를 잡아끌고 찾아갔다. 확실히 지금껏 봐오던 집들보단 한결 쾌적했다. 내가 조금 긍정적인 반응을 보이자, 대출을 받는 것은 어떠냐, 부모님께 도와달라고 하면 어떠냐, 반전세도 생각해봐라 등등 설득하기 시작했다. 나는 침통하게 고개를 저었다.

높은 데 올라가 내려다보면 이쑤시개통처럼 건물이 빽빽하게 꽂혀 있고 건물마다 창문이 따개비처럼 빽빽한데. 전 국민에게 집 한 채씩 돌아가도 남을 것 같은 이 서울 바닥에서 왜 나는 집을 구하기가 이다지도 어려운 것일까. 독립의 꿈은 결국 전세난에 좌절되는가.

어느 날 나는 거의 포기 직전의 마음이 되어, 울적한 마음을 품고 퇴근하고 있었다. 세상에 이 한 몸 누일 방 한 칸이 없다는 생각만 가득했다. 그래도 습관적으로 부동산에 들렀다. "뭐 새로운 매물 없어요?" 하는데 바로 몇 시간 전에 나온 전셋집이 있다고 했다. 정확히 말하면 이 부동산이 아닌 저 멀찍한 동네의 다른 부동산에 나온 매물인데 부동산끼리의 네트워크로 알게 된 듯했다. 하지만 나의 중개인은 직접 가서 본 것이 아니라 자신이 없는 눈치였다. 심지어 금액도 내 예산보다 적었다! 중개인이 평소답지 않게 적극적이지 않고, 나 역시 예산보다 비싼 집들도 썩 맘에 차지 않았는데 예산 아래의 집이 어떤 몰골인지 가늠이 되질 않았다. 그래도 나온 집을 안 볼 순 없을 것 같아 무기력한 두 사람은 별다른 대화도 없이 새 매물을 찾아 걸어갔다. 아무런 기대도, 희망도 없이.

그 집은 조용한 골목에 위치해 있었다. 너무 으슥하지도, 너무 번화하지도 않은 평범한 골목. 골목 어귀에서 저쪽 부동산 중개인 아주머니를 만나 다 함께 그 집으로 향했다. 그 집 바로 옆엔 유치원이 있었다. 유치원 하면 자동적으로 율동을 하며 노래를 부르는 참새 같은 꼬맹이들이 떠올랐다. 나쁘지 않은 이웃이군.

계단을 올라가 문을 두드리니 젊은 부부가 우리를 맞이했다. 자그마한 부엌 겸 거실에는 짐이 빼곡했다. 집에 비해 가구도 너무 많고, 책도 너무 많고, 물건도 너무 많았다. 이사는 이 가정에겐 필연적이겠군요. 부부에게 중개인이 이런저런 것을 물어도 우리의 말을 잘 이해 못하길래 이상하다 생각했는데, 그들은 재일교포 남편과 일본인 아내였다. 그러고 보니 이 다닥다닥한 분위기는 다소 일본풍 같기도 했다. 분리형 원룸이라 방도 따로 한 칸 있다고 했다. 이 정도 금액대의 집에 독립적인 방이라니 보나마나 골방이겠지 하고 문을 열었는데 어라, 생각보다 방이 컸다. 방 한켠엔 운동을 목적으로 산 듯한 사이클 머신이 있었는데 빨래가 널려 있었다. 아아, 이런 진득한 생활감!

나는 소위 '촉이 온다'는 둥 '느낌이 팍 꽂혔다'는 둥 하는 불가해한 감각이 발동하지 않는 사람이라 그런 것에 의지해 뭔가를 판단하진 않는 편이다. 실제로 육감 같은 것이 영 둔하기도 하고 말이다. 그럼에도 이상하게 이 집이 마음에 들었다. 모두가 말하는 것처럼 '촉이 왔다'고나 할까? 내가 이 집에 사는 모습이 선명하게 그려졌다. 이미 머릿속으로 가구 배치를 시작했고, 마음에 안 차는 부분은 수리를 시작했다. 여기다, 여기야. 내가 살 곳은 바로 여기야.

나는 마지막으로 한 가지만 물었다.

"이 집, 제가 수리해도 되나요? 벽이나 문에 페인트칠을 한다거나…… 싱크대에 시트지 공사를 한다거나…… 집주인이 싫어하실까요?"

부동산 아주머니는 명쾌하게 말했다.

"아이고, 아가씨가 이쁘게 꾸미고 살면 집주인은 박수 치고 좋아하지."

"그럼 이 집, 제가 할게요."

갓 매물로 나온 따끈따끈한 집인지라 내가 처음으로 보러 온 사람이었다. 그런 내가 계약을 한다고 하자, 더는 수고하지 않아도 되는 두 명의 중개인과 더는 집을 보여주지 않아도 되는 기존 세입자 모두가 활짝 웃었다. 나도 덩달아 활짝 웃었다.

"근데 아가씨, 집을 시꺼멓게 칠할 건 아니지?"

"시꺼멓게요? 그렇게 칠하는 사람도 있나요?"

"혹시 몰라서 물어봤어. 호호호."

이사 완료!
새해 첫날은 새집에서 맞이하게 됐다

나 홀로 잠드는 독립 1일차의 밤은 삼삼하기보단…

자취

자취의 사전적 정의는 '손수 밥을 지어 먹으면서 생활함'.
즉, 자가 취사를 의미.

혼자 사는 경우 '자취한다'는 표현을 많이 쓰는데
언젠가부터 자가 취사에 흥미를 잃고
음식이라면 모조리
얻어먹거나 사다 먹기 시작한 나는 생각한다.

나는 자취하지 않는다.
나는 타취하고 있다.

시작은
낯설게

어차피 본가에서 오픈 타임으로 이사를 나가는데다, 셀프 수리에 쓸 시간 여유가 필요했던지라 나는 기존 세입자 부부가 이사를 나가고 열흘 후쯤 들어가기로 결정했다. 기존 세입자들이 이사를 나가는 날 잔금을 치르고 집을 인도받기 위해 부동산에 가서 처음으로 집주인이라는 사람을 만났다. 선생님과 제자라거나, 직장 상사와 부하직원이라거나, 광고주와 대행사 사람이라거나 나름의 위계가 있는 수많은 관계를 마주해왔지만 '집주인'과 '세입자'라는 관계는 난생처음이라 오묘한 기분이었다.

내가 들어가 살 집은 5층짜리 빌라였는데 통째로 한 명이 소유하고 있었다. 융자도 하나 없어 등기부등본마저 깨끗했다. 건물 관리에 대한 부분도 마치 집사를 쓰듯이 부동산에 일임하고 있었다. 어쩌면 이런 건물이 몇 채 더 있는지도 몰랐다. 모든 직장인들의 장래희망이라는 바로 그 건물주! 조물주보다 위대하다는 바로 그 건물주! 그 말로만 듣던 건물주를 태어나 처음으로 만나는 순간이었다. 나는 집주인의 부에 압도되어 다소 긴장한 상태로 부동산을 찾았다.

부동산의 낡은 테이블 앞에서 마주한 집주인은 세련되고 여유 있어 보이는 아주머니였다. 옷차림에서도 안경테에서도 어쩐지 부의 냄새가 나는 듯했다. 아니, 이건 어쩌면 나의 '주인님을 향한 경외감 필터'가 씌워져서 그랬을지도 모르지만. 등기부등본을 다시 뽑아 확인하고, 인터넷 뱅킹으로 돈을 보냈고, 최종적인 계약서를 받아들었다. 마침내 난생처음 스스로 한 채의 집을 빌린 감격적 순간이었다. 나는 집주인이 나를 이끌고 새집으로 가 문을 열어주고 잘 살라는 축언을 해주는 과정을 기대했는데(대체 어디까지 뻗쳐 있던 것인가, 나의 부질없는 환상은!) 그녀는 휴대폰으로 계좌에 돈이 제대로 들어왔는지 흘끗 확인하고는 바람처럼 일어나 부동산 밖에 세워진 자신의 근사한 차로 성큼성큼 걸어갔다. 응? 이게 끝이라고? 나는 황급히 그녀를 불러 세웠다.

"저, 저, 제 열쇠는요?"
"아, 열쇠요? 이사 끝나고 싱크대 서랍에 넣어두라고 했으니까 가보시면 있을 거예요."

너무 쿨해서 여기가 세종기지인 줄 알았다. 열쇠 토스의 과정마저 번거로워 싱크대를 우편함처럼 활용하는 저 사무치는 쿨함. 무려 '집'이 오고가는데 10분 만에 끝난 이 거래. 그것이 그녀의 방식이라는데 별수 있나. 나는 머쓱하게 부동산을 나와 5분 거리에 있는 나의 집으로 홀로 걸어갔다. 전에 집을 보러 딱 한 번 가봤을 뿐이라 내가 살 집으로 가는 길임에도 낯설디낯설었다. 지도 어플을 사용해 겨우겨우 찾아간 집 앞 골목길은 막 이삿짐 트럭이 빠져나가 그런지 폐기물들로 어수선했다. 타박타박 계단을 올라가 몇십 분 전까지 남의 집이었던 문의 손잡이를 돌렸다. 문은 무방비 상태로 열렸다. 조심스레 들어선 그곳은 가구도, 사람도, 삶의 흔적도 모조리 빠져나간 텅 빈집이었다. 아니, 집이라는 표현이 어색할 정도로 을씨년스럽기 짝이 없는 공간이었다. 하지만 이제 그곳이 바로 내가 살아야 할 나의 첫 집이었다.

지금까지 부모님과 살며 이사를 몇 차례 경험했지만 그것은 모두 '아이의 이사'에 불과했다. 부모님이 정하신 집에, 부모님이 정하신 날, 부모님의 손을 잡고 들어가는 그런 이사. 사다리차가 내 책장 따위를 저 하늘로 올리는 것을 턱 괴고 구경하고, "이거 내 방!" 하고 조금이라도 나아 보이는 방을 동생보다 빠르게 점찍고, 낯선 천장이 내는 뚝 뚝 소리를 가만히 들으며 잠이 드는 그런 이사. 모든 것을 남에게 의탁한 이사.

하지만 어른의 이사는 달랐다. 처음으로 내가 집을 고르고, 내 힘으로 값을 치르고, 혼자서 계약까지 마쳤다. 그렇게 마련한 나만의 집에 홀로 들어서는 그 기분은 설레고 흥분될 줄 알았는데 웬걸, 마치 외계행성에 발을 딛는 것 같았다. 빼곡했던 전 세입자의 살림이 빠져나간 나의 집은 전에 보러 왔을 때보다 훨씬 횅해 보이면서도, 크기를 견주어 가늠할 물체들이 전무해 그런지 '이렇게 작았나?' 싶기도 했다. 그저 비현실적인 기분이었다. 그곳은 삶의 냄새도, 원근도, 온기도 모두 유실된 이상한 공간이었다.

이제 여기가 나의 집이란 말인가? 이 커다란 빈자리가 나의 공간이란 말인가? 신을 신고 들어가야 할지 벗고 들어가야 할지부터 결정이 안 서서 신발장에 우두커니 서 있는 나에게, 설렘도 흥분도 아닌 묘한 감정이 와락 덮쳐왔다.

겨울 풀장에
뛰어들며

이전 세입자들이 이사를 나가고 열흘간 집을 꾸미느라 손톱이 닳고 굳은살이 돋는 중노동이 있었다. 퇴근 후엔 늘 새집으로 달려가서 막노동을 했다. 몇 안 되는 친구들이 총출동됐다. 나는 온 손에 크고 작은 생채기들을 액세서리처럼 달고 살았고 콧속에선 늘 페인트 냄새가 났다.

열흘이 지나서야 마침내 누렇게 삭은 벽지와 시뻘건 몰딩이 모두 하얗게 칠해졌다. 침실은 내가 좋아하는 컬러인 민트색으로 도색했다. 집이 한결 근사해졌다. 하지만 낡은 집을 보수하기에 열흘은 짧았다. 나는 목표치의 9할 정도로 공사를 마무리했다. 욕실 타일 줄눈까지 손보려고 했는데 그것은 무리였다.

드디어 이삿날이 다가왔다. 본가에서 쓰던 가구들은 내 취향보다는 엄마의 취향에 가까웠기에 나는 침대와 책장 정도 외엔 모두 새로 구비할 계획이었다. 그런고로 이삿짐은 단출했다. 용달차 한 대도 채우지 못했다. 그럼에도 수십 해 살 맞대고 산 큰딸이 집 떠나는 날인지라 온 가족이 이사를 도왔다. 그날은 눈이 왔다. 날씨는 내 탓임이 아님에도 공연히 송구해 용달 아저씨의 눈치를 슬쩍 봤는데, 오히려 "이삿날 눈 오면 잘 산대요"라고 해주셔서 감사했다. 어쩌면 그건 궂은 날 고생하며 이사하는 사람들을 위로하기 위해 나온 말일지 모르겠다 생각했지만.

얼마 되지 않는 짐을 내려주고 아저씨는 떠났다. 잘 살 거라는 축언이 고마워 팁을 챙겨드렸다. 도와준 가족들에게 뭔가 대접하고 싶어도 세간살이라곤 한 개도 없어 무리였다. 텔레비전도 없고, 의자도 없고, 테이블도 없고, 컵도 없고, 냄비도 없고, 서로 얼굴만 보고 있어야 하는 좁은 집에서 가족들은 얼마간 머물다 떠났다. 30년 넘게 부대끼며 같이 산 사람들이 나만 남겨두고 떠났다. 가족이 건네는 '잘 있어라' 하는 인사가 낯설었다. 다 같이 외출했는데 나만 귀가하지 않는다. 우리는 가족인데 집이 달라졌다.

혼자가 되자마자 '본격 독립생활 시작!'이라는 축포가 팡 터질 줄 알았더니 웬걸, 은하계에 혼자 남겨진 기분이 됐다. 제 발로 집을 나선 주제에 웃기는 감정이었다. 지상에서 가장 포근해야 할 나의 공간이 실은 지상에서 가장 낯선 공간이었다. 앉아야 할지, 누워야 할지, 어떤 포즈로 있어야 할지도 가늠이 안 됐다. 뭘 해야 할지, 어떤 스케줄로 살아야 할지 정신이 멍했다. 그런데 이 기분이 낯설면서도 낯설지 않다는 생각이 들었다. 이건 분명 느껴봤던 기분인데…… 뭐더라?

그래, 이건 외톨이 기분이었다. 고독한 여행자의 기분이었다. 누군가와 함께 여행하면 이런 기분을 맛보긴 힘들다. 하지만 혼자 여행해본 사람은 모두 이 기분을 알 것이다. 아무도 없이 나 혼자 여행을 떠날 때 공항버스에서 시작되어, 비행기에서 다듬어지고, 낯선 숙소에 도착하면 본격적으로 시작되는 그 외톨이 기분. 생전 처음 가보는 호스텔의 새로 세탁된 빳빳한 침대 시트에 걸터앉아 이제 뭐 하지? 이제 뭘 먹지? 이제 어떻게 걷지? 이제 어떻게 숨쉬지? 이제 어떻게 존재하지? 하고 거대한 낯섦에 압도당하는 그 기분. 혼자 덩그러니 세상에 놓인 기분. 기존의 모든 서버에서 로그아웃된 기분. 그래 이 기분은 바로 그 외톨이 기분이야.

짜릿함보다, 해방감보다, 설렘보다 먼저 덤벼든 것은 외로움, 막막함, 그리고 공허감이었다. 독립하고 고작 10분이 지났는데 울 것 같은 기분이 들었다. 엄마 아빠를 따라 다시 돌아가고 싶을 지경이었다. 하지만 너무도 다행이었던 것은 이 모든 감정이 '겪어봤던 고독'이라는 사실이었다. 외톨이 여행을 거듭한 끝에 내가 알게 된 것이 있었다. 이런 외로움에의 진입은 마치, 겨울날 풀장에 들어가는 것과 같다는 것. 처음 차디찬 물에 들어가면 입술이 파래지고, 아래턱이 떨리고, 무엇 때문에 이 고통을 감내하나 싶다. 하지만 빳빳해지는 몸을 겨우 추슬러 발장구를 치고 팔을 휘돌리며 서서히 앞으로 나아가면, 몸에 피가 돌고, 살 것 같아지고, 미세한 즐거움이 찾아오고, 이 차가운 물도 포근해지는 순간이 온다. 그러다 종국에는 물 밖으로 나가기 싫고, 바깥이 더 추워지는 때가 온다.

그래, 나는 막 풀장에 들어온 거야. 그래서 이렇게 추운 거야. 하지만 금방 괜찮아질 거야. 나는 알아. 분명히 알아. 이건 겪어봤던 고독이니까.

인터넷으로 많은 살림 정보를 얻었다

냉동실은 불가사의한 공간이었다

여긴
**정신과
시간의 방**
…?

※ 정신과 시간의 방
– 〈드래곤 볼〉에 나오는 공간
이곳에서의 일년은 밖에서의 하루

하지만 뭐든 들어가서 안 나오는 게 문제…

우리 좀
꺼내줘…

외면~

냉동실

다진 마늘, 빵, 피자, 만두, 밥, 새우, 멸치, 베이컨……
땅에서 솟아나고 바다를 헤엄쳐 온 세상 모든 식재료가
성에 담요를 나눠 덮고 숨죽여 엎드린 공간.

문을 닫으면 시간조차 얼어붙고
한때 음식이었던 기억이 하얗게 냉동된다.

자취생이 영원을 붙잡아둔 타임캡슐이자
무엇이든 가둬놓는 차가운 감옥.
어쩌면 너희들은 무기징역.

큰 소리로
우는 **상자**

나는 미처 몰랐다. 삶이 별고 없이 굴러가는 데 이토록 많은 물건이 필요하다는 사실을. 부모님이 이미 모든 것을 갖춰놓은 집에 슬쩍 끼어들어, 다 차려진 밥상에 젖병만 얹고 인생을 시작한 나는 아무것도 몰랐던 것이다.

새집으로 이사 가서 별다른 세간 없이 독립생활을 시작하다보니 그야말로 나의 집에는 없는 것투성이였다. 계란 프라이 하나를 하려고 해도 일단 계란이 있어야 했고, 프라이팬과 뒤집개, 소금, 식용유, 젓가락과 접시가 필요했다. 장기적으로 보자면, 남은 계란을 보관할 냉장고와 계란 프라이를 놓고 먹을 밥상까지 필요했다. 물론 나의 집은 깨끗한 무無의 공간. 나에겐 아무것도 없었다. 내가 그동안 '집'이라는 곳에 응당 있어야 한다고 생각했던 모든 것이 실은 돈을 내고 사야 하는 것이었다.

육면체의 콘크리트 공간일 뿐인 이곳을 집답게 만들기 위해 어마어마한 쇼핑이 시작됐다. 꼭 갖춰야 하는 가전제품만 놓고 봐도, 전기밥솥, 진공청소기, 세탁기, 냉장고, 전자레인지, 헤어드라이어 등등 엄청나게 많았다. 그 외에 갖은 양념, 조리도구, 식기, 수건, 휴지, 욕실매트, 샴푸, 치약, 세제, 쓰레기통 등등 사도 사도 살 것이 끝도 없었다. 생필품만 사들이는 데도 너무 많은 돈을 쓰다보니 마음이 더없이 가난해졌다. 구멍난 소금자루를 짊어지고 빗길을 걷는 기분, 자산이 줄줄 녹아나는 기분, 숨만 쉬어도 돈이 줄줄 새나가는 기분이었다.

그러다보니 별수없이 가격 대 성능 비를 생각하게 되고 오래 진득하게 쓸 수 있는 '좋은 것'보다는 일단 당장의 불편만 해결해주면 되는 '싼 것'을 택하게 됐다. 조악한 가구들과 엉성한 가전들로 집이 채워졌다. 그럼에도 전세금이 뭉텅 빠져나가 큰 구멍이 생긴 통장에 자잘한 구멍들이 연이어 뚫렸다.

그렇게 내 영혼이 빈궁의 클라이맥스일 때 마지막까지 미루던 세간인 냉장고를 사야 하는 순간이 왔다. 도저히 신제품은 무리야! 나는 중고제품을 사기로 정하고 인터넷 중고거래 커뮤니티를 둘러보기 시작했다.

대형가전의 중고거래는 처음이라 나름 신중하게 살폈다. 개인 대 개인의 거래는 해본 적이 없어서 업자로 추정되는 사람을 택하게 됐다. 그럭저럭 멀끔해 보이는 냉장고에 마음이 기울어 조심스레 전화를 걸었더니 중고가전 업자가 받았다. 그런데 안타깝게도 내가 사진으로 보고 점찍은 그 냉장고는 '방금' 팔렸다고 했다. '방금 팔렸다'는 말에서 좋지 못한 냄새를 맡았어야 했는데 중고 거래 초짜인 나에겐 그런 예민한 후각이 없었다. 아쉬워하며 전화를 끊으려 하는데 그가 말했다.

"그거 말고 딱 그만큼 깨끗한 냉장고가 있긴 있는데…… 가격은 똑같고요. 아직 인터넷에 사진은 못 올렸어요."

긴긴 쇼핑 여정에 진력이 난 나는 이쯤에서 대충 타협하고 싶었다.

"그래요? 어느 회사 몇 년도 제품인가요?"
"삼성전자예요. 한 5년 됐나?"
"제가 사겠습니다."

당시 난 만사가 귀찮은 상태였다. 그저 어서 이 지난한 살림 갖추기 퀘스트를 돌파하고 싶었다. 전화를 끊자마자 번개같이 돈을 입금했다. 이 냉장고마저 다른 누군가가 채갈까봐 못내 불안했다. 하지만 이체가 완료됐다는 문구를 보고 나니 잠시 떠났던 이성이 귀가했다. 사진 한 장 보지 않고 구두로 계약을 끝내다니! 내가 너무 경솔했나? 하지만 아니었다. 경솔 레벨이 아니었다. 초특급 등신 레벨이었다.

이틀 후에 용달 기사 아저씨가 땀을 뻘뻘 흘리며 우리집에 냉장고를 짊어지고 나타났다. 엘리베이터도 없는 건물이라 송구해하며 음료를 대접하고 배치할 곳을 알려드렸다. 냉장고가 제자리에 놓이고 그제서야 녀석을 뜯어보는데 맙소사, 냉장고가 한눈에 봐도 너무나 낡았다. 당황해서 살펴보니 문 안쪽에 회사와 연식이 표시되어 있었다. 93년도에 만들어진 주식회사 금성사의 제품이었다! 금성사! 골드스타! 93년식! 냉장고가 무려 이십대 초반! 선거권도 있는 나이!

당황한 나는 배달 기사에게 이건 내가 사기로 한 게 아니라고 따졌다. 내가 주문한 건 5년 된 삼성전자 제품이라고 항의했다. 하지만 아저씨는 당신은 배송만 할 뿐, 거래 내용은 모르는 일이라며 이걸 이 집에 배달해주는 게 자기 역할이니 놓고 가야 한다고 했다. 나머지는 판매자에게 따지라고 했다. 나는 더 할말이 없었다. 배달 기사가 퇴장하고 집에는 연로한 냉장고와 과년한 나만 남았다. 곧바로 업자에게 전화를 걸었는데 받지 않았다. 당했다는 생각이 들었다. 말로만 듣던 중고사기를 당하다니!

일단은 닥친 일, 나부끼는 정신줄을 가까스로 부여잡고 나니 일단 이놈이 제대로 작동이라도 되는지를 알아야 했다. 냉장고는 이렇게 이동 과정을 거치고는 한두 시간 후에나 켜봐야 한다고 들었기에 당장 켜볼 수도 없었다. 두근대는 심장을 부여잡고 두 시간을 보냈다. 밤이 이슥해져서야 마침내 냉장고의 전원을 켜니…… 지난 세기부터 품어온 원한이 가슴 밑바닥에서 들끓는 듯 냉장고가 대성통곡을 하기 시작했다. 어마어마한 소음이 시작됐다. 좁디좁은 집에서 냉장고가 밤새 울부짖는 소리를 들으며 잠자리에 들었다. 마음 같아선 냉장고보다 더 큰 소리로 울고 싶었다. 이럴 수가. 이렇게 사기를 당하다니. 경솔했던 내 탓일까?

그후로 지속적으로 연락한 끝에 겨우겨우 업자와 연락은 닿았지만 그는 애초에 내가 사기로 한 게 이것이었다며, 자기는 삼성전자 이야기를 꺼낸 적이 없다고 잡아뗐다. 모든 거래가 구두로 이루어진 나머지 우리 사이에 계약서도, 문자 한 통도 남은 게 없었기에 나는 두 손을 들 수밖에 없었다. 업장에 찾아가 면 대 면으로 따져보고 싶었지만 인터넷에 기록된 그의 주소지가 서울 근교 으슥한 곳이라 가서 공연히 더 무서운 꼴을 당할까 겁이 났다. 20만 원도 안 되는 돈에 신고를 한다거나 소송을 건다거나 그러기도 뭣했다. 어쩌면 그는 나 같은 소심분자의 이런 마음을 노려 사기를 치고 다니는 거겠지.

그렇게 나는 좋게 말하면 빈티지 냉장고, 엄밀히 말해 언제 숨을 거둬도 호상인 고령의 냉장고를 갖게 됐다. 시끄럽지만 다행스럽게도 냉장과 냉동 기능만은 별 이상이 없었다. 재미있는 것은 그로부터 몇 해가 지나 이 글을 쓰는 이 시점까지도 그 냉장고를 쓰고 있다는 사실이다. 수년째 녀석은 내 부엌 한켠에서 쿨럭쿨럭 기침을 하기도 하고, 큰 소리로 으르렁대기도 하며 존재감을 뽐낸다. 차라리 돈 10만 원 더 보태서 새것을 살걸. 미련한 선택을 했다는 생각에 냉장고를 볼 적마다 속이 터지곤 한다. 늙은 냉장고의 속에서도 소음을 넘어서, 이따금 뭔가 터지는 소리가 난다. 우리는 서로 뻥뻥 속이 터져가며 이렇게 함께 살아가고 있다.

한 인간이 문제 없는 생활을 하는 데
이렇게 많은 것들이 필요한지 처음 알았다

이건 마치 …

혼수 마련하는 것 같네

결혼 상대는 바로… 나 자신이다

대… 대안은 없나

나도 싫다고 인마…

톰슨가젤의
영역

혼자 살기 시작한 이후 이 집이 '여자 혼자 사는 집'임을 들키지 않으려 무지 애썼다. 범죄의 타깃이 되기 쉽다는 말을 익히 들어왔기 때문이다. 나의 경우 경계심이 과도하여 거의 세렝게티 평원의 새끼 톰슨가젤처럼 살았다고 해도 과언이 아니다. 귀가할 때마다 누가 따라붙진 않는지 주위를 두리번거렸고, 아무리 더워도 잠들 때는 창문을 모두 걸어 잠갔으며, 택배는 대부분 회사로 배송시켜 끙끙거리며 들고 갔다. 밖에서 훤히 보이는 베란다에 빨래를 널 적에도 여자옷만 그득한 것이 못내 마음에 걸려 속옷류는 집 안에 널었다. 특히 아쉬웠던 건 배달음식을 자유로이 시킬 수가 없다는 사실이었다. 혈중 치킨농도나 체내 짜장수치가 극한으로 떨어져도 나는 꾹꾹 참아야 했다.

내가 이 고뇌를 이야기하니 사람들이 신발장에 큼직한 남자 신발 한 켤레쯤 두는 것이 어떠냐고 했다. 남자의 신발이라. 이 집에 나 같은 톰슨가젤만 있는 것은 아니다, 여기에도 이 공간을 지켜 낼 힘센 존재가 있다는 상징이겠지. 그렇다면 나의 물리적 힘은 남자의 신발에서 비롯되는 아우라만도 못하다는 말인가. 하나의 가정에 있어서 '남자'의 존재는 대체 무엇일까.

사실 이 생각은 본가에서 이 집으로 이사할 때부터 시작되었다. 나는 새집에서 많은 가구와 가전을 새로 사려고 계획했기 때문에 책과 옷가지, 책장과 침대 정도로 이삿짐이 단출했다. 그래서 '용달 이사'라는 것을 하기로 결심하고 기사님께 연락을 했는데 처음부터 묻는 질문이 이거였다.

"아가씨, 도와줄 남자 있어요?"

남자 1인의 조력이 있느냐 없느냐가 가장 중요했다. 아무래도 너무 큰 짐은 용달 기사 아저씨 혼자 들기 무리일 테니까 도우미가 될 남자가 필요한 거였다. 다행히 아빠와 동생이 이사를 도와주기로 했던 고로, 나는 "있습니다!" 하고 자신 있게 대답했지만 뭔가 기가 꺾이는 느낌이었다. 나의 물리적 힘은 1인분에 포함되지 않는다는 사실을 확인받은 기분이었기에.

이사한 우리 건물은 수도세를 가구당 내지 않고 관리비에 포함

시켜 집주인이 한꺼번에 내는 시스템이었다. 그런데 이사한 지 얼마 안 되어 우리집에서 변기 누수가 일어났다. 변기에서 똑똑 물 떨어지는 소리가 계속 났는데 집주인에게 말하니 누수로 인한 수도세가 염려됐는지 바로 고치는 사람을 파견했다. 가족 외 처음으로 나의 집에 방문하는 남자였다. 혼자 사는 집에 덩치 큰 아저씨가 공구함을 들고 성큼성큼 들어서자, 나는 현관문을 걸어 닫지 않고 열어두어야 하나 등등 고민이 많았지만, 일단은 의연한 척했다. 아저씨는 이런저런 도구들로 한참 걸려 변기를 수리했다. 나는 지켜보고 있기도, 다른 일을 하고 있기도 애매해 어중간한 위치에 서서 휴대폰을 쥐고 서 있었다. 그런데 한참 후에 아저씨가 나에게 물었다.

"변기 다 고쳤는데…… 아가씨, 화장실 좀 써도 돼요?"

화장실에 있으면서 화장실을 써도 되냐니 무슨 말인가, 당황하여 그러시라고 했더니, 아저씨는 문을 철컹 닫더니 소변을! 소변을 보기 시작했다! 좁은 집에 또르르 울리는 낯선 남자의 소변방울 소리. 나는 처음 만나는 사람이 나의 화장실에서 볼일을 보는 이 희한한 상황에 몹시 당황해서 뒷걸음질로 화장실 저멀리(그래 봐야 좁은 집이라 지척이지만) 도망쳤다. 이 상황은 무엇인가. 지금 이 집엔 나와 하의를 탈의하고 소변보는 남자 둘뿐인 것이다.

아니, 변기 고치러 와서 소변 정도는 볼 수도 있는 건가? 그래도 여자 혼자 사는 집인데 좀 참아도 되지 않았을까? 어지간히 급하셨나? 이 상황은 말이 되는 건가? 나는 민망해해야 하나, 두려워해야 하나? 이 상황이 너무나 이상한 것은 나의 과민반응인가? 정신이 멍한 가운데 아저씨는 볼일을 마치셨고, 도구를 챙겨 사라지셨다. 뭐랄까 그때의 기분은, 초식동물의 영역에 포식자가 나타나 영역 표시를 하고 사라진 기분이었다. 물론 아저씨에겐 위협의 의사가 전연 없었겠지만, 톰슨가젤이 느끼기엔 그랬다는 거다.

변기 수리하시는 분은 시작에 불과했다. 그후로도 에어컨을 설치하시는 분, 인터넷 선과 케이블 텔레비전을 달아주러 오신 분, 가스레인지 점화 부위를 고쳐주러 오신 분, 보일러를 수리하러 오신 분 등등 우리집엔 수없이 많은 외간 남자가 다녀갔다. '여자 혼자 사는 집'임을 들키지 않으려 애썼으나 그때마다 가족과 동석할 수도 없고 별수없었다. 물론 모두 선량한 시민들일 테지만 나는 나의 독거를 눈치챈 사람들이 늘어갈수록 점차로 마음이 어수선해졌다. 이제는 손가락으로 꼽을 수도 없이 많은 사람이 나의 독거를 알게 된 것이다. 그렇게도 감추려고 애썼는데, 이 집이 여자 혼자 사는 집임이 일반상식이 된 기분이었다.

한 집에 있어서 남자의 존재란 무엇일까. 남자 한 명만 있어도 나는 이런 막연한 두려움을 느끼지 않아도 되었을 텐데. 남자 한 명만 이 집에 머물러도 잠자다가 작은 소리에도 벌떡 일어나는 일은 없을 텐데. 초인종만 울려도 심장이 쿵쾅거리는 일은 없을 텐데. 이런 먹이사슬 최하위에 머무르는 기분으로 살지 않아도 될 텐데.

서글픔이 밀려왔다. 돈을 벌어다주거나 궂은일을 대신 맡아줄 남자의 존재가 아쉬운 게 아니었다. 생활비는 내가 벌 수 있고 형광등 따위도 얼마든지 내 손으로 갈아끼울 수 있었다. 그저 내 존재의 물리력이 남자라는 존재의 발끝에도 미치지 못함이 서글펐다. 내 존재의 아우라가 남자 신발만도 못하다는 사실이 속상했다. 여기는 엄연히 나 혼자만의 공간인데, 이 공간의 주인이 나뿐임을 들키면 안 된다니. 이제 막 사랑하기 시작한 이 공간을 온전히 내 힘으로 지킬 수 없다는 생각에 마음이 쓰렸다.

내가 사야 할 가전제품 리스트 중에
텔레비전은 한참 아래 있었다

하지만 진공상태 같은 적막감이
독신자에게 미치는 영향을 체감하니

집에 적당한 생활소음은 필요하겠다 싶어졌다

쓰레기 전쟁터의
카피라이터

내가 거주하는 건물은 나지막한 빌라로 10여 가구가 모여 살고 있다. 일반 쓰레기나 재활용 쓰레기는 건물 현관 옆 지정 장소에 버리는 시스템이고, 음식물 쓰레기는 전용 쓰레기봉투에 담아 동네 곳곳에 있는 공용 수거함에 버리는 것이 원칙이다. 이 원칙은 선량한 주민들에 의해 잘 지켜지고 있었다. 그런데 얼마 전부터 누군가가 음식물 쓰레기를 자꾸 건물 현관 옆에 무단 투기하기 시작했다. 때로는 먹다 남은 피자를 상자째로, 때로는 먹다 남은 편의점 도시락을 통째로, 때로는 과일 껍질을 아무 비닐봉투에 담아 무작정 버려두었다. 집에서 몇 발짝만 나가도 도처에 음식물 쓰레기 수거함이 있는데 말이다.

그곳은 원칙적으로 음식물 쓰레기는 버리는 곳이 아니기에, 당연히 쓰레기는 수거되지 않았고 한번 놓여진 음식물 쓰레기는 그

곳에서 하릴없이 썩어갔다. 이따금 길고양이가 물어뜯어 난장판이 되어 있기도 하고 말이다. 점점 더워지는 날씨에 불안해하며 지켜보고 있었는데 드디어 엄청난 악취와 벌레 폭풍이 시작됐다.

　누군가의 상식 없음이 나의 일상에 균열을 일으켰다. 경쾌한 출근길은 남이 버려둔 김치 썩는 냄새를 맡으며 시작해야 했다. 신나는 퇴근길엔 수박 껍데기에 몰려든 파리떼를 쫓아야 했다. 이런 식으로 이웃간에 생겨나는 갈등은 적지 않은 스트레스를 준다. 마치 층간소음처럼. 단순히 그 사건 자체의 짜증스러움을 넘어서, 내가 제대로 존중받지 못하고 있다는 느낌이 분노를 증폭시킨다. 누군가에게 화를 내고 싶어도 어느 집인지 도무지 알 수가 없어 더욱 짜증이 났다. 나는 우리집 현관을 나서기 전부터, 오늘은 로비 앞에 음식물 쓰레기가 있을지 없을지 상상하느라 심장이 두근거릴 정도였다. 로비의 큰 문을 열고 여지없이 음식물 쓰레기가 보이면, 이런 매너 없는 사람과 한 건물에 살고 있다니 속이 팍 상했다.

　그래도 달리 할 수 있는 일이 없어 두어 달을 끙끙 앓다가, 벽보라도 써서 붙여야겠다는 생각이 들었다. 속수무책으로 당하고 살자니 더는 참을 수가 없었다. 문제는 여기에서 나의 직업병이 발동한 것이다. 태어나 처음 써보는 건물 벽보에 이 10년차 카피라이터는 긴장했다. 어떤 날카로운 한 문장이 이 사태를 훌륭히 해결할 것인지 책상 앞에서 오래 고민했다. 당연히 가장 기본적인 것은 이것이었다.

음식물 쓰레기 버리지 마세요.

　그런데 이 문구는 밋밋하고 뭔가 부족해 보였다. 이 정도는 누구나 쓸 수 있는 거잖아. 고작 이 정도로 고쳐질까? 여기에 버리면 안 되는 걸 몰라서 안 버리겠어? 게다가 폭발 직전인 나의 격한 감정은 이런 간단한 문장으로는 다 담을 수 없었다. 그래서 다음으로 생각한 말은 이것이었다.

음식물 쓰레기를 무단 투기하는 당신의 양심에서 악취가 납니다.

　그런데 이렇게 격한 말을 쓰고 나니, 공연히 이것이 상대를 자극해 오히려 태도를 고치지 않을까 겁이 났다. 음식물 쓰레기를 함부로 버리는 수준의 사람인데, 자기를 공격했다고 심사가 더욱 뒤틀리면 어떡해! 이런 인간을 자극하는 것은 옳지 않아. 메시지는 좀더 간곡하고, 마음을 움직이게 하는 편이 낫겠어.

귀찮으시더라도 음식물 쓰레기는
음식물 쓰레기통에 버려주세요.

　워드 프로세서에 위 문장을 적어두고 음식물 쓰레기통 이미지라도 첨부해서 출력할까 고민하는데 찬찬히 살펴보니 이 문구도 마음에 차지 않았다. '귀찮으시더라도'라거나 '버려주세요'가 너무

유약한 어조 같았기 때문이다. 당연히 해야 하는 일을 저렇게 애걸하듯 말해야 하다니! 애도 아니고 달래고 구슬려야 할 이유가 무엇이란 말이냐. 그렇다면 모종의 권력에 기대어 협박하는 것이 나을까?

> 계속 여기에 음식물 쓰레기를 버리시면 조치를 취하겠습니다.

하지만 이 문구는 허풍이었다. 내가 대관절 무슨 수로 조치를 취하겠는가! 기껏해야 집주인에게 푸념하는 게 전부겠지. 이런 허풍이 그런 뻔뻔한 사람에게 통하겠느냐 말이다.

그렇게 나는 쓸데없는 직업병적 고민만 하다가 며칠을 보냈다. 그러던 어느 날이었다. 외출하면서 보니 어떤 용자가 나보다 앞서 벽보를 써서 붙여뒀다! 대충 연습장을 쭉 찢어 휘갈긴 글씨로 다음과 같이 쓰여 있었다.

> 여기 음식 버리면 건물에 바퀴벌레 생김.

와우, 브라보!

내가 며칠 생각한 메시지보다 훨씬 심플하고 위협적이고 확고한 메시지였다. 그저 개인적인 불쾌감을 넘어선 '건물에 바퀴벌레가 생긴다'는 위험 소구! 공포 마케팅! 그렇지! 누군지 모를 범인이여, 눈앞의 편의만을 좇다간 당신의 집에도 바퀴벌레가 생길 수 있다고! 우리만 시각적, 후각적 테러를 당하는 게 아니라고! 바퀴벌레는 당신도 피할 수 없는 업보라고! 나는 이 벽보를 보고 너무 감탄해서 그 아래 포스트잇으로 '좋아요' 따위의 댓글을 달고 싶은 지경이었다.

그 벽보 덕인지 그후로 음식물 쓰레기가 현관 앞에 놓여 있는 일은 없어졌다. 위협은 확실히 통했던 것이다. 카피라이터로서의 내 경력은 이런 문제에 하등 쓸모가 없었다. 내가 쓸데없이 고뇌하며 문구를 가다듬는 사이, 무심하게 찢은 종이와 시큰둥한 필체로 누군가가 나 대신 해냈다. 그는 과감하고 현명한 이웃이었다. 하지만 이 용자 역시 누군지 알 방법이 없어 감사를 표할 길이 없었다.

반영구

가사도구를 구입하면 이따금 보게 되는
'반영구적 사용'이라는 문구.

영구는 영원, 무한히 뻗어가는 억겁의 세월을 말할진대
반영구는 영원의 반쪽이라면 역시 영원이 아닐까?
무한대는 반으로 갈라도 무한대니까.

하지만 반영구적이라는 문구로 나를 유혹했던
'씻어 쓰는 롤 클리너'가 얼마 안 되어
접착력을 상실한 순간 나는 알았다.

어른의 세계에서 반영구는
영원의 반쪽도, 반의반 쪽도 아닌
'제법 오래감'이란 뜻일 뿐이라는 걸.

독립 전 나의 주말 풍경은 이러했다

하지만 지금은 다르다! 이른 시간에 기상해
주말 미션들을 해치운다

이런 일들이 「업무 외 추가 노동」으로 생각되지 않고
즐거운 주말 이벤트로 여겨지는 게 신기하다

나의 이런 변모에 이런 평도 간혹 들리지만

그보다는 이런 심리에 가깝다

시가
나에게로 왔다

카피라이터와 만화가로 활동을 하다보니 이따금 인터뷰 같은 걸 하곤 했다. 인터뷰의 마지막 질문은 대체로 "앞으로의 꿈이 있다면 무엇인가요?"였다. 이 질문에 마땅한 답을 찾지 못하던 나는 언젠가부터 "시를 쓰고 싶어요"라고 말하기 시작했다. 사실 시에 있어서 엄청난 포부가 있었던 것도, 시를 잘 알던 것도 아니었다. 평소 시집을 많이 읽어왔느냐 하면 그것도 아니었다. 내 머릿속의 시들이란 다른 대부분의 사람들처럼, 학창 시절 문학 교과서에서 봤던 한용운이나 이육사의 시 같은 고전들이 전부였다.

그럼에도 굳이 나의 꿈으로 시를 이야기한 이유는 이랬다. 카피라이터로 10년가량 일하며 매일같이 짤막한 글을 써오면서, 나는 내가 쓰는 글들이 시에 가깝지 않나 생각해왔다. 짧고, 간결하고, 사람들의 마음을 움직이는 글이라면, 이게 시가 아니고 뭐겠어?

나는 이런 오만으로 언젠가 내가 시인이 될 수도 있겠다고 생각했다. 상업적인 글로 먹고사는 사람이 많이들 가지는 '순수예술'에의 막연한 동경 같은 것일지도 몰랐다.

그렇다고 딱히 뭔가 액션을 취했던 것은 아니었다. 여전히 시집 한 권 읽지도 않으면서 말로만 시인이 되고 싶다는 둥, 시를 쓰고 싶다는 둥 떠들었다. 별다른 계기가 없다면 이렇게 영원히 말로만 시를 이야기할 판이었다. 그런데 독립 이후 삶이 새로운 국면을 맞이하며 불가사의한 의욕이 끓어올랐다. 새로운 환경에 자신을 밀어넣자, 뭐든 할 수 있을 것 같은 생각이 든 것이다. 자, 이제 여기는 내 집이자 나의 작업실이야. 이 새로운 공간에서 이제 뭘 해볼까? 그래, 평소 입으로만 그렇게 떠들던 '시'를 본격적으로 써볼까?

인터넷으로 찾아보니 시를 가르치는 강좌들이 꽤 있었다. 아니, 이렇게 시를 쓰려는 사람들이 많았다니 조금 놀랍기도 했다. 그때까지만 해도 나에게 시 수업은 백화점 문화센터 같은 느낌이었다. 대충 시 작법이나 가르쳐주고, 쓴 시를 첨삭해주고, 그 정도 아니겠어?

턱을 괴고 이런저런 강좌들을 뒤적거리다가 수업 타이틀이 적당히 마음에 드는 것을 신청했다. 선생님은 '김소연'이라는 시인이었다. 당연히 평소 시를 읽지 않던 나는 그녀가 누구인지 몰랐다. 첫 강의 준비물부터 '자작시가 담긴 USB'여서 조금 당황하긴 했다. 아니 시를 배우겠다는 사람들에게 첫날부터 시를 써서 가지고 오라니, 이게 뭐람. 그래도 빈손으로 갈 수는 없어서 여태껏 써온 광고 카피들 중 꽤 시적이라 생각되는 것을 골라 브랜드 이름만 삭제한 후 USB에 담았다. 시라고 별거 있어? 이 정도면 시지. 나름 글로 10년을 벌어먹고 산 사람인데, 선생님이 초심자의 실력이 너무 대단해서 놀라시면 어쩜담?

강의실에 가니 의외로 앳된 얼굴들이 많았다. 절반 정도는 대학생 같았다. 대학 강의도 아닌데 왜 어린 학생들이 대부분이지? 나는 조금 한숨을 내쉬었다. 아니, 이 애송이들. 이런 아마추어들 사이에 글 쓰는 걸 업으로 하는 나 같은 프로페셔널이 속해 있어도 되나? 이 수업의 수준이 염려되는걸.

곧 선생님께서 오시고 모두 USB를 내라고 하셨다. 간략한 수업의 소개가 이어졌는데 합평 위주로 진행할 거라는 말씀이셨다. 아니 내가 기대했던 시 창작 이론 같은 건 안 가르쳐주려나? 갸웃하는 동안 선생님은 USB 중 아무거나 하나를 골라 화면에 띄우시고 쓴 사람이 직접 낭독하라고 하셨다.

나는 아직도 기억한다. 내가 그 시를 보았을 때의 충격을.

앳된 여학생이 떨리는 목소리로 낭송하던 그 시. 그건 내가 지금까지 써왔던 글과는 유전자 자체가 다른 글이었다. 시작도 끝도, 욕망도 한계도 다른 글이었다. 놀랍고, 새롭고, 어마어마한 세계였다. 일하며 숱하게 지지고 볶던 한국말들이, 마치 태어나 처음 만나는 언어처럼 내 머리통을 열고 쏟아져 내리는 느낌이었다. 그저 문화센터 정도라 생각했던 수업에서, 선생님이 아무거나 골라잡은 시를 읽는데 나는 그만 감동해버렸다.

하지만 압도되는 기분을 맛보면서도 나는 이건 순전히 우연일 거라고 생각했다. 선생님이 첫 타자로 천재를 뽑았나봐. 이 수업에도 재능 있는 사람이 있을 수 있지. 하지만 곧이어 열린 다음 USB에는 또다른 거대한 세계가 들어 있었다. 그다음도, 다음도 똑같았다. 몇 개의 차원이 나의 영혼에 부딪히는 기분에 그만 어지러웠다. 그리고 불안해졌다. 선생님, 제발 저의 USB를 집어들지 마세요. 제발, 제발……. 거기에 담긴 글이 너무 얄팍하고 허름했기 때문이다. 거기엔 아무 세계도 담겨 있지 않았기 때문이다. 다행스럽게도 나까지 차례가 미치지 않고 수업이 끝났다.

애송이들, 아마추어들이라 생각했던 모두의 얼굴이 달라 보였다. 내 눈에 그들은 이미 시인들이었다. 각각의 세계를 소유한 황제들이었다. 내가 그 반의 열등생이라는 것을 실감했다. 이럴 수가.

그렇게 시는 나에게 왔다. 충격적으로.

매료의
이유

나는 시에 빠르게 매료됐다. 시는 내 예상과 영 딴판이었다. 그동안 내가 일하며 써왔던 많은 글들이 소통을 위한 글, 설득을 위한 글이었다면 시는 소통이나 설득이 목적이 아니었다. 여기 한번 봐주세요 손짓하고, 제발 읽어주십사 진상하는 글도 아니었다. 시는 한 사람이 내는 아름다운 수수께끼였다. 그것이 매력적이면 네가 동참하고, 아니면 말라는 도도한 글이었다. 어쩌면 특정 주파수로 쏘는 비밀 방송일지도 몰랐다. 수신할 사람만 수신하라는 그런 방송. 최대한 많은 매체에 실어, 최대한 많은 사람을 중독시키고 싶었던 그간의 글쓰기와는 욕망 자체가 판이했다.

　내가 카피를 써오며 '언젠가 시인이 될 수 있을지도 몰라' 생각했던 것은 큰 오류였다. 카피와 시는 양극단의 글이었다. 우선 광고적인 모든 작문은 타의의 연속체였다. 창작 동기부터가 '특정 제품을 광고하고 싶다'는 타의에서 시작하고, 창작 행위 자체는 마케팅적 가이드라인 아래 수행된다. 하지만 시에는 아무런 타의가 없었다. 그저 자신의 욕망에서 시작되어 자신의 욕망으로 끝나는 이기적인 글이었다. 그 누구의 가이드라인도 없었다. 시는 제멋대로였다. 그렇다고 내가 여타의 글들과 시 사이의 우열을 가리고자 하는 것은 아니다. 광고 일로 쓴 수많은 글들도 내가 빚어낸 나의 글이고, 내가 인생의 3분의 1을 바친 그 일을 스스로 모욕할 생각은 없다. 난 그저 이 두 글이 '길이가 짤막하다'는 형식만 비슷하지, 그 본질은 전혀 달랐음을 말하고자 하는 것이다.

어쩌면 내가 빠르게 시에 매료됐던 것은 자유에의 갈망이었을지 모른다. 나는 많은 방식으로 창작을 해왔지만 그 어떤 창작물도 온전히 내 것인 적이 없었다. 그렇기에 살면서 한 번쯤은 그 어떤 초자아의 감찰 없이 온전히 나 자신을 토해내는 뭔가를 만들어보고 싶었다. 물론 이 욕망은 만화나 에세이로도 풀어오곤 했다. 하지만 이런 장르의 창작물은 결국 '나'를 벗어나기 힘들었다. 생활만화나 에세이라는 장르적 특성상, 나의 창작물은 '나'라는 인간의 삶을 대변했다. 독자가 늘어날수록 나는 부도덕해질 수도, 파괴적일 수도, 공격적일 수도, 패륜적일 수도 없었다. 창작물 안의 내가 바로 현실의 나로 대응됐기 때문이다. 심약한 나로서는 내 창작물로 인해 나의 인생이, 나의 인격이 대중에게 의심받는 상황을 감내하기 힘들었다. 그래서 늘 조심하곤 했다.

그래서 나는 시 안에서 극한의 자유를 맛보았다. 시를 쓰는 나는 사회생활을 하는 나, 어느 누군가의 딸인 나와 달랐다. 마른하늘에 벼락이 치듯, 잿빛 일상 속에 섬광같이 꽂히는 이상한 생각에 홀려 방언하듯 낯선 언어를 쏟아내는 새로운 자아였다. 매번 다른 신을 접신하고 새로운 말을 떠드는 무당과도 같았다.

나는 시 안에서 등신도, 현자도 될 수 있었다. 추악해질 수도, 아름다워질 수도 있었다. 강박증 환자처럼 핀셋으로 쪼아댈 수도, 브레이크 없이 내달릴 수도 있었다. 그렇다. 나에게 시는 자유이용권이었다. 영혼자유이용권. 자아자유이용권. 창작자유이용권. 나는 이 무소불위의 티켓으로 무한의 주인이 될 수 있었다.

조용한
클라이맥스

내게 처음으로 시를 가르쳐주신 김소연 시인은 강의를 하는 선생님이자, 자신의 시를 쓰는 시인이었다. 선생님께서는 우리에게 시 작법을 강의하고 우리의 시를 비평하는 등 수업시간엔 수업에 열중하셨지만, 엄연히 '시 선생'으로서의 자아와 '시인'으로서의 자아는 다르다고 하셨다. 전자가 타인의 시를 분석하고 가르치고 논평하는 자아라면 후자는 자유롭게 스스로의 시를 쓰는 자아라고 하셨다. 그래서 수업을 마치고 귀가하실 때는 시 선생의 영혼에서 시인의 영혼으로 다시 돌아가기 위해 꽤 먼길임에도 일부러 걸어 가신단다. 타박타박 밤길을 걸어가면서 마음에서 '시 선생의 기운'을 빼내기 위해서 말이다. 나는 선생님이 걸음걸음 시 선생의 허물을 길바닥에 하나씩 벗어두고 나비처럼 요정처럼 마법소녀처럼 시인으로 변신하는 상상을 하며, 그것참 근사하다고 생각했다.

노동하는 나 역시 퇴근하고 난 후엔 저런 식의 영혼 전환이 필요하다. 그것이 시 선생에서 시인이 되는 것 같은 환상적인 변신은 아니지만 말이다. 일터에서의 나는 언제나 바쁘고 어딘가 긴장되어 있다. 모니터 속 글자들에 눈이 부대끼고, 쉼 없이 나를 찾는 전화벨에 귀가 아리다. 갈등에 더없이 스트레스를 받는 사람임에도 별수없이 목소리에 날을 세워야 할 때가 있고, 거북한 위계 속에서 복종해야 할 때도, 명령해야 할 때도 있다.

특히나 격무에 시달린 날엔 퇴근길 내내 정신이 멍하고, 집에 와서도 한동안 업무의 연장선상에 있는 기분이 된다. 마음의 긴장은 쉽사리 가시지 않고, 각 잡힌 업무자의 영혼에서 늘어진 퇴근자의 영혼으로 태세 전환이 잘 안 된다. 우리의 마음이라는 것은 자세를 바꾸는 데 오랜 시간이 필요하니까. 정장에서 파자마로 갈아입듯이 손쉽게 교체되기 힘드니까.

그렇기에 나에겐 일을 마치고 난 뒤에 또다른 자아로 로그인하기 위한 일종의 로딩 시간이 필요하다. 선생님이 걸어서 귀가하시는 시간처럼 말이다. 멍하니 텔레비전을 보든, 음악을 듣든, 짧게 잠을 자든 두어 시간이 지난 후에야 체내 잔존했던 회사의 기운이 완전히 사라진다. 보통 그때는 이미 어두워진 뒤다. 사방은 고요하고 나는 오늘의 끄트머리, 내일의 목전에 있다. 이 캄캄하고 고즈넉한 시간, 나는 이 시간을 사랑한다.

해는 언제나 슈퍼스타이므로, 왁자한 추종자들을 몰고 다닌다.

수다스러운 낮의 소음이 퇴장하고 나면 세상은 어둠으로 코팅된다. 하늘도, 길도 잠잠해진 가운데 이따금 늙은 냉장고의 기침 소리가 들린다. 윗집에서 물을 쓰는지 배수관을 구르는 물소리도 들린다. 분명 무소음 시계라고 적혀 있던 벽시계들의 미세한 소음까지 들려온다. 화병에 꽂힌 수국이 시드는 소리까지 들릴 것만 같다. 고요를 바탕으로 미세한 소음이 벌레처럼 기어다니는 가운데, 나는 어둠이라는 담요를 덮고 가만히 앉아 이 밤의 속삭임에 귀를 기울인다. 향초가 타닥타닥 타들어가고, 펼쳐든 시집과 손안의 술 한잔이 향기로움을 다툰다. 회사의 기운은 완전히 사라졌다. 램프의 노란 불빛만이 다정하다.

이 시간만은 온전히 나만의 것이다. 물론 곧 침대에 기어들어가, 알람을 맞추고 내일 맞이할 회사원의 영혼을 예비해야 하지만, 지금은 이 고요만을 누리고 싶다. 이 시간이 독립생활의 조용한 클라이맥스니까.

회사 창립 기념일이라 모처럼 평일에 쉬게 됐다
한산한 거리를 걸어 홀로 극장에 가서

보고 싶었던 영화를 보고 한껏 감동하고

근처 지하상가에 가서 필요했던 물건들을 사서

작고 아늑한 나의 집으로 돌아왔다

그래, 나는 이런 기분이 그리워 나만의 집을 마련한 거야
매일 여행하는 느낌
생활에 낭만이 스며드는 느낌

주광색, 백색

형광등을 처음으로 사본 사람은 색깔에 대한
기왕의 관념에 대혼란을 느끼게 된다.

'주광색'이라 쓰여 있는 것은 느낌상
낮의 빛이니 따스한 주황빛이 돌 것 같고,
'백색'이라 쓰여 있는 것은 느낌상
파리하게 빛나는 흰색 같지만
실상은 정반대.
주광색이 화이트, 백색이 오렌지다.
(믿기 어렵겠지만 진짜다.)

초보 가사인은 이 반전을 쉽사리 받아들이지 못하고
언어의 배신에 몇 번 망연해진 끝에야
확실히 전구의 색깔 개념을 잡게 된다.

이웃의
조건

거의 평생을 아파트에서 살아왔다. 언제나 위층에 누군가가 있었고 아래층에도 누군가가 있었다. 이 빼곡한 육면체들 속에서 층층이 누워 자고, 층층이 밥해 먹고, 층층이 배설하는 삶. 한 번도 내 정수리 위가 곧장 하늘인 적이 없었고, 내 발바닥 아래가 바로 땅인 적이 없었다. 이렇게 다층 구조물에서만 살다보니 층간소음이나 이에서 비롯된 갈등은 거의 늘 삶의 일부였다. 어떻게 잘 다뤄나가느냐의 문제일 뿐.

빌라에서 혼자 살기 시작하며 처음엔 층간소음 걱정을 많이 했다. 아파트에 비해 소음에 취약하다는 말을 많이 들었기 때문이다. 심할 경우 윗집 휴대폰 진동 소리, 옆집 재채기 소리까지 들린다고. 하지만 다행스럽게도 우리 건물은 언제나 고요했다. 무심히 뒤꿈치를 찍듯이 걸으면 으레 들리는 발자국 소리조차 거의 느껴지지 않았다. 오, 건물이 비교적 견고하게 지어진 모양이지. 나는 안심했다.

　하지만 문제는 의외의 곳에서 발생했다. 우리 건물은 분리형 원룸의 집합체로 대부분의 가구가 나와 같은 독거인이었다. 나의 옆집에는 사십대 중후반쯤 되어 보이는 남성이 혼자 살고 있었는데 어느 날부터 그의 폭발이 시작됐다. 새벽 무렵 어룽어룽 잠이 들었는데 고막을 울리는 큰 소리에 잠에서 깼다. 폭탄이라도 터진 듯한 굉장한 소음이었다. 놀라 현관문 가까이로 가 문밖 사정에 귀를 기울이니 옆집 남자가 위층으로 뛰어올라가 윗집의 현관문을 발로 걷어차며 조용히 좀 하라고 고함을 지르고 있었다.

　한밤중의 소란에 가슴이 마구 두근거렸다. 나는 워낙 담이 작아 눈앞에서 남들이 싸우기만 해도 마음이 쪼그라들곤 했다. 그런데 내 삶의 터전에서, 내 이웃에서 이런 큰 분쟁이 일어나다니 누가 차가운 손으로 심장을 콱 움켜쥔 기분이었다. 옆집 남자는 조용히 좀 살자고 한동안 고래고래 악을 쓰더니 쿵쿵쿵 계단을 내려와 자기 집으로 돌아갔다. 쾅, 하고 그의 집 문이 닫혔다. 하필 우리집이 복도 끝, 계단 가장 가까이에 있었기에 이 모든 소리가 선명하게 들렸다. 바깥은 아무 일도 없던 듯 다시 고요해졌지만 나의 심장은 차분해질 줄을 몰랐다. 다시 누웠지만 통 잠이 오지 않았다. 진정해! 남의 다툼인데 내가 왜 이러는 거야.

불행하게도 갈등은 한 번으로 끝나지 않았다. 그리고 그 사달은 언제나 한밤중에 일어났다. 세상이 고요한데 옆집 문이 세차게 열리는 소리가 들렸고, 그가 달음질쳐 위층으로 올라가는 소리가 들렸다. 그리고 그는 언제나처럼 윗집 문을 냅다 걷어차고 큰 소리로 욕설을 내뱉고 나서 재빨리 자신의 집으로 돌아가 쾅 하고 다시 문을 닫았다. 이런 프로세스의 반복이었다. 그 소리에 놀라 내가 자다 깬 것만 서너 번이 넘었다.

노이로제에 걸릴 지경이었다. 왜 남들의 층간소음 분쟁에 내가 이다지도 고통받아야 하는지 이해할 수가 없었다. 신문 기사에 자주 등장하는 '층간소음 갈등에 이웃간 칼부림' 같은 헤드라인이 떠올라 더욱 무서웠다. 나날이 공포에 질려가며 나는 위층 사람을 원망했다. 층간소음 문제에 있어서 우리는 대체로 아래층 사람에게 이입하기 마련이니까 말이다. 얼마나 시끄러우면 저러겠어. 위층에서 어지간히 소란을 피우는 모양이야. 옆집 남자라고 저러고 싶겠어. 저 사람도 편히 자고 싶을 텐데.

하지만 어느 날이었다. 역시나 한밤중 옆집 남자가 달음질쳐 올라가 윗집 문을 걷어찼고 나는 그 소리에 또 잠에서 깼다. 무섭고 지긋지긋해서 울 지경이 되었다. 글쎄 남의 다툼에 내가 왜 그렇게도 겁에 질렸는지 이상하게 생각될 수도 있겠다. 하지만 독거 여성은 이 땅의 모든 가구 중, 물리적인 힘에 있어서 최약체에 가까워 외부의 작은 위협에도 기민하게 반응해야 했다. 나는 고래 싸움에 등이 터지는 크릴새우가 되고 싶진 않았다. 혹시 누군가 흥분하여 방화라도 저지를까봐 현관에 서서 바깥 동태에 귀를 기울였다.

그런데 이때 처음으로 윗집 문이 열리고 거주민이 튀어나왔다. 언제나 내 옆집 아저씨가 문을 걷어차고 손쓸 새도 없이 재빠르게 사라지니 이번에 단단히 벼르고 있었던 모양이었다. 젊은 남자로 추정되는 위층 사람과, 내 옆집 아저씨의 대화가 계단을 통해 선명하게 들렸다.

"대체 매번 왜 이러시는 거예요?"

"시끄러우니까 그렇지. 조용히 좀 살자고!"

"무슨 소리가 들리는데요? 저 지금 가만히 누워 있었어요."

"내가 아무 소리 안 나는데 이러겠어? 조용히 좀 살자고!"

"그러니까 대체 무슨 소리냐고요. 발소리인지, 악기 소리인지, 뭐가 울리는 소리인지 구체적으로 말씀을 해보시라고요. 그래야 저도 조심이라도 하죠. 저도 억울해서 이럽니다."

"무슨 소리인지 나한테 왜 물어? 양심껏 해, 양심껏!"

"저희 집에서 나는 소리가 아닐 수도 있어서 그래요. 밖에서 들어오는 소리일 수도 있잖아요. 어떤 소리인지 구체적으로 말씀해보시라고요."

"됐어, 됐다고! 양심껏 하라고!"

"아니 정확하게 설명을 해주시라니까요. 문만 걷어차지 말고. 저

도 아저씨 때문에 스트레스 받아서 집에 잘 있지도 않고 들어와
선 움직이지도 않아요. 대체 무슨 소리가 난다는 겁니까?"

"그럼 내가 없는 소릴 있다고 해? 양심껏 하라니까!"

기묘한 대화였다. 윗집 청년은 이성적으로 사태를 해결해나가
려고 애쓰고 있었는데 내 옆집 아저씨는 논리성을 상실하고 그저
'나는 분명 소리가 들린다. 양심껏 하라'는 말만 반복하고 있었
다. 문득 소름 끼치는 의심이 고개를 들었다. 지금까지 소음이 정
말 있었던 것일까? 생각해보니 그랬다. 옆집에서 저토록 분노할
만큼의 큰 소음이라면 어쩌면 우리집에서도 들렸어야 했다. 하지
만 이 건물, 나는 늘 고요하기만 하던데? 추정컨대 윗집 남자가
여태껏 무대응이었던 것은 실제 그가 늘 자고 있었기 때문일지도
몰랐다.

그렇다면 옆집 아저씨가 밤마다 듣고 저토록 분노하는 그 소리
는 무엇인가. 그것은 실존하는가? 의심이 들고 나서 나는 더욱 두
려워졌다. 결론은 둘 중 하나였다. 윗집 청년이 대단한 거짓말쟁
이거나, 옆집 아저씨가 환청을 듣거나. 어쩐지 후자에 무게가 실렸
다. 나는 이렇게 밤마다 광기를 쏟아내는 무서운 이웃을 곁에 둬
도 되는 걸까?

둘이 그렇게 이상한 언쟁을 벌인 후에도 옆집 사람은 수시로 위
층으로 달음질쳐 올라갔다. 역시나 언제나 한밤중이었다. 달라진
점이라면, 윗집 청년이 또 튀어나올까봐 천둥처럼 문을 걷어차고

번개같이 자기 집으로 돌아갔다. 윗집 청년이 쫓아 내려와 이미 굳게 닫힌 옆집 문을 두드리는 날도 있었다. 나오라고, 나와서 이 야기 좀 하자고. 이렇게는 못 살겠다고.

나의 스트레스는 최고조에 달했다. 저런 무서운 이웃을 곁에 두 고 더는 살고 싶지 않았다. 하지만 겨우 얻은 집을 이런 이유로 빼 야 하는 건 너무도 억울했다. 집주인에게 연락을 해야 하나, 그렇 다면 무슨 조치를 취해줄까. 그렇게 시들시들 하루하루를 보내던 어느 날이었다. 낮부터 바깥이 소란해 내다보니 이사 트럭이 와 있었다. 빠끔 문을 열고 살피니 맙소사, 감사하게도 문제의 옆집 아저씨가 이사를 나가고 있었다! 할렐루야! 그렇게 그는 이 건물 에서 퇴거했고 다시는 모습을 보이지 않았다.

나는 이 사태의 진실을 결국 알지 못했다. 층간소음은 과연 실 재했던 것인지, 환청이었던 것인지. 옆집 남자는 왜 갑자기 퇴거했 는지, 집주인의 개입이 있었는지, 그저 제 발로 나간 것인지 아무 것도 알 수가 없었다.

하지만 단 하나 알게 된 것은 이것이었다. 우리는 주거생활에 있어서 여러 난관에 봉착한다. 채광이 안 좋다거나, 비가 샌다거 나, 집이 습하다거나 등등 살다보면 수많은 문제들이 발생한다. 하 지만 이 모든 것을 뛰어넘는 압도적인 문제는 '이상한 이웃'이었다. 이웃의 광기는 내가 예측할 수도, 컨트롤할 수도 없다. 이상한 이 웃 한 명이 얼마나 많은 사람의 삶을 불행으로, 나아가 공포로까지 몰아넣는지 나는 이제야 알았다.

감히 말하건대 지금 당신의 이웃이 점잖고 상식적이라 아무 문제가 없다면, 이는 진실로 감사해야 하는 상황이다. 세상엔 이상한 사람들이 존재하고, 그 사람들도 모두 어딘가에 '살고 있다'. 바로 누군가의 이웃으로.

집은
살아 있다

하루는 형광등이 나간다. 하루는 세면대 물마개가 꽉 박혀 안 빠진다. 또 하루는 돌연 하수구에서 악취가 올라온다. 어떤 날엔 보일러 스위치 화면에 느닷없이 에러 시그널이 뜬다. 어떤 날엔 결로로 인해 곰팡이 기운이 감지된다. 또 어떤 날엔 갑작스레 가스레인지가 안 켜진다. 어쩌면 이렇게 하루도 잠잠하지 않은지 놀라울 정도다.

그래, 어쩌면 집은 하나의 거대한 유기체일지도 모른다. 엄청나게 덩치가 큰 반려동물일지 모른다. 이놈은 몸집에 비해 잔병치레가 잦기도 하다. 잘 다독이며 살지 않으면 어딘가 아프고, 방치하면 골병이 든다. 혼자 사는 사람은 스스로의 건강은 물론, 집의 건강까지 챙겨야 한다.

반려동물을 들이는 문제는
늘 가족의 반대가 있어왔기에

자연스럽게 나의 꿈은 이것이었다

독립 & 득냥

하지만 실제 독립 후 나의 소감은…

나는 끼니가 두려운 자취생이니까

나라는 생명체만 책임지기도 버겁다!

집안일과
바깥일

독거인은 기본적으로 집안일과 바깥일을 병행하게 된다. 스스로의 삶을 책임지기 위해 이 사회의 일꾼으로 가열차게 돈을 벌면서, 한편으로는 청소, 요리, 빨래 등 즐비한 집안일도 천수관음처럼 해치워야 한다. 주부도 하나의 직업이라면 이건 말하자면 투잡족이 아닌가? 그렇게 두 개의 일을 다 하게 되니 집안일과 바깥일을 진지하게 비교해보게 되었다.

집안일을 해보며 느낀 건, 확실히 이 일은 정신적인 스트레스가 적다는 사실이다. 조직생활이 아니기 때문에 상사가 있는 것도, 팀에 속한 것도 아니다. 누군가가 나에게 명령하고 나의 일을 감찰하지 않는다. 누군가가 이제는 업무를 끝내도 좋다고 허가해줄 필요도 없다. 거기에 마감이 철저한 것도 아니고(물론 너무 미룰 시 집안 꼴이 엉망이 되긴 해도) 나의 노력 여부에 따라 일의 당락, 회사의 운명이 결정되는 심각한 상황도 적다. 요약하자면 조직생활이나 경쟁사회에서 비롯되는 정신적 스트레스가 없는 것이다. 이에 반해 돈을 버는 일은 확실히 스트레스가 많다. 이 팍팍한 세상에서 겪는 회사생활의 고통이야, 더는 말할 필요도 없겠지.

그렇다면 무조건 집안일이 사회생활보다 쉽고, 편하기만 할까? 또 그런 것만도 아니었다. 집안일은 '끊임없이 발생하는' 종류의 일이었다. 가만히 존재만 하고 있어도 집은 시시각각 먼지가 쌓이고, 입은 옷에는 때가 끼어갔다. 회사에는 일종의 '농번기'와 '농한기'가 있어서 때때로 숨통이 트이는데 집안일에는 그런 것이 없었다. 끼니는 귀신처럼 찾아왔다.

그런데다 가장 안 좋은 점은, 원칙적으로 '봉급'이 나오지 않는 일이라는 사실이었다. 매달 나오는 급여도 없지, 승진도 없지, 뭔가 영업에 성공했다거나, 수주를 따왔다거나 하는 등 사회생활에서 곧잘 얻는 짜릿한 성취감도 없었다. '안 하면 티 나고, 해도 티 안 나는 일'이 집안일이라고 흔히들 말하지 않는가. 급여로 상징되는 가시적인 보상 같은 것도 없고, 조직생활 내에서의 명예 같은 것도 없고, 그럼에도 소홀하면 흠을 잡히고. 만약 나의 일이 오직 집안일이라면, 명확한 성취감이 없다는 이 부분이 공허하지 않을까 생각했다.

앞으로 나의 삶이 어떤 방향으로 흘러갈지 몰라도 이 두 가지 일을 다 해보고, 스스로 장단점을 파악하는 건 꽤 중요한 경험이라고 생각한다. 처음부터 내 인생이 한쪽 방향으로만 흘러갔다면 이런 차이는 몰랐을 것이다. 집안일만 하며 바깥일은 마냥 자유롭고 보람찰 거라 동경했을 수도 있고, 사회생활만 하며 집안일은 쉽고 편하기만 할 거라 생각했을 수도 있다. 홀로 삶을 꾸려보기 전까진 몰랐던 부분들, 이렇게 새로이 배워 참 다행이다.

밤의 나에게

아침의 내가 말한다

수평인간

동양인에게 좌식문화, 서양인에게 입식문화가 있다면
독거인에게는 와식문화가 있다.

전신을 최대한도로 이완시키고
중력을 전신으로 분산시키며
대지와 수평을 유지한다.

근력 사용을 최소화하기 때문에
리모컨이나 휴대폰보다 무거운 건 들지 않으며
배 위에 노트북을 얹고 온기를 즐기며
납작하게 눌려 있기도 하다.

해가 지고 나서는 뻐근해져오는 허리를 두드리며
'오늘 하루 날렸네, 날렸어……' 하고
역시 누워서 한탄하는 것이 수평인간의 기본자세.

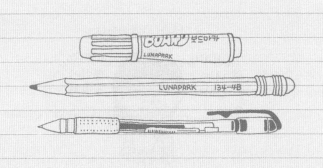

혼자 살며 아픈 것도 어찌어찌 넘겼다

강해진 기분이었다

하지만 어제 가위눌리다 깨어났을 땐

조금 서러웠다

옴쭉달싹 못하는 그 막막한 순간, 저 벽 너머
다정한 이들이 쌔근쌔근 잠들어 있다는 사실이
그동안은 얼마나 위로가 되었던지 …

혼자
아픈 날

독한 감기와 나란히 이불 덮고 누워 있다. 사나운 기침의 난도질에 잠은 갈가리 찢어진 지 오래다. 김 서린 정신을 더듬으며 간신히 침을 삼킨다. 깨진 병 조각처럼 목을 훑는 마른침. 물 한 모금 축여줄 사람도 없는 혼자만의 방에서 나는 웅크린 채 건조되고 있다. 다 같이 떠난 수학여행에서 내가 안 탄지도 모르고 버스가 출발해버린 기분이다. 낫겠지, 나을 테지만 이 밤이 무한할 것만 같다. 하얀 아침이 내게로 날아들다 창문에 부딪혀 죽을 것만 같다.

퇴근해서 늘어져 있던 어느 날이었다. 근섬유 하나하나까지 이완시키고 바닥과 일체화되어 누워 있는데 갑자기 나의 온 신경이 팽팽해지는 사건이 발생했다. 누군가 바깥에서 우리집 현관문을 열려고 손잡이를 덜컥 돌리는 것이었다. 그 소리와 함께 나는 용수철처럼 튀어올랐다. 너무 놀란 나머지 누구냐고, 뭐하는 거냐고 물을 용기조차 나지 않았다. 누군가 억지로 우리집 문을 비틀어 열려고 한다는 사실에 어찌할 바를 몰라 공황 상태에 빠져 있는데 바깥의 누군가는 문이 열리지 않는 것을 확인하더니 저벅저벅 사라졌다.

숨막히는 공포감이 밀려왔지만 딱히 대처 방법이 없었다. 이 정도 일로 경찰에 신고를 할 수도 없지 않은가. 신고한다손 쳐도 무슨 해결이 있겠는가. 그냥 누군가 집을 착각한 거겠거니 하고 놀란 가슴을 겨우 진정시키는 수밖에 없었고, 앞으로 더 경계하고 조심하며 살아야겠다고 스스로를 다그치는 방법밖에 없었다. 알 수 없는 침입자의 난입 시도 한 번에 와르르 무너지는 나의 연약한 평화.

문제는 그후로도 이런 일이 한 번 더 벌어졌다는 사실이었다. 두어 주 후 이 사건이 조금씩 마음에서 스러져 서서히 잊어갈 무렵이었다. 어느 주말, 싱크대 앞에서 요리하고 있는데 또다시 누군가 우리집 문손잡이를 덜컥 돌렸다. 나는 다시금 벌어진 사태에 또다시 심장이 방바닥으로 쿵 떨어졌지만 손에 당근을 썰던 식칼이 있어 전보단 용기가 솟았는지 "누구세요?" 하고 물을 수 있었다. 바깥에선 한 남자가 대답했다.

"여기 옷가게 아니에요?"
"아닌데요."
"죄송합니다."

그리고 그는 사라졌다. 이게 무슨 일이지? 말할 수 없이 당황스러웠다. 왜 낯모르는 사람들이 우리집 문손잡이를 돌리는가. 나는 범죄의 타깃이 된 것인가. 혼자 사는 여자는 왜 이리 사소한 위협에도 일상이 휘청거려야 하는가. 나는 요리욕도 식욕도 모두 상실해 망연히 현관을 바라보며 서 있었다.

하지만 이 사건의 미스터리는 두어 주 후 희한한 방식으로 풀렸다. 퇴근하고 집에 돌아왔더니 시키지 않은 택배 상자가 문 앞에 놓여 있었다. 상자를 찬찬히 뜯어보는데 상자엔 '반품'이라는 글씨와 함께 어떤 상호명이 쓰여 있었다. 잘못 배송된 게 아니었던 것이, 배송장의 주소는 우리집이 틀림없었다. 대체 이게 무슨 일이람. 왜 우리집으로 물건을 반품시킨 거야! 떨리는 손가락으로 컴퓨터를 켜서 그 상호명을 검색해봤다. 놀랍게도 한 남성복 쇼핑몰이 나왔다. 하단 쇼핑몰 정보에 보니 세상에, 본사 주소지로 우리집 주소가 깨알만하게 쓰여 있는 게 아닌가!

대체 누가 우리집 주소로 영업을 하고 있단 말인가! 그렇다면 앞선 두 번의 침입자(?)도 이 쇼핑몰을 찾아온 게 맞는 것 같았다. 나는 바로 그 쇼핑몰에 전화를 걸었다. 통화 끝에 알게 된 것은 실제 그 쇼핑몰이 창업 당시 우리집을 사무실로 썼다는 사실이었다. 물론 지금은 이사를 갔는데 별문제가 생길 거라 생각하지 않았는지 아니면 그저 귀찮았는지 메인 화면의 본사 주소를 입때껏 고치지 않았던 것이다. 다만 '반품 주소'는 공지사항을 통해 새로운 곳으로 명기해두어 이런 일이 없었는데, 어느 어수룩한 구매자가 실수로 메인 화면에 깨알만하게 있는 본사 주소를 적어 우리집으로 반품시켰던 것이었다.

나는 여긴 가정집인데 이게 무슨 일이냐고, 자꾸 사람들이 찾아오고 급기야 택배까지 왔다고 한소리 했더니 쇼핑몰측에서는 몹시 미안해하며 주소를 빨리 수정하겠다고 했다. 그리고 반품으로 배송된 옷은 착불로 보내라고 했다.

얼마 후 홈페이지의 주소는 수정됐다. 그후로 별다른 사건은 없었다. 하지만 거참, 별별 일이 다 있다는 생각을 지울 수가 없었다. 예상이나 했겠는가? 어떤 남성복 쇼핑몰이 내 주소를 내걸고 영업하고 있을 거라고. 한숨을 쉬며 되뇌었다. 이제 그만 버라이어티했으면 좋겠어, 나의 독립생활.

개그실패

꽃

사전적 정의는 '종자식물의 번식기관'.
이 낭만이라곤 질식해버린 설명과는 반대로
세상에서 제일 로맨틱하고, 마음에 꽃물을 들이는 사물.

특히 꽃 선물은
아름다움 외엔 아무런 가치가 없는 무실용의 선물이기에
반대로 가치가 급상승하곤 한다.

가장 최근 누군가에게 꽃을 받은 기억을 떠올려보고
그것이 아득하여 마음이 슬퍼진다면
스스로에게 꽃을 선물할 것.
혼자만의 방에 꽃을 꽂아둘 것.

나는 나를 아끼니까.
꽃 한 다발 선물할 정도로.
나는 가치가 있으니까.
꽃 한 다발 선물 받을 정도로.

계절이여,
신발끈을 묶어라

겨울에 부모님의 품을 떠나왔는데 시간이 초음속으로 흘러 또다시 겨울을 맞이했다. 드디어 나는 독거인의 춘하추동을 모두 경험했다. 이제 와 사계절을 찬찬히 돌아보면 혼자 사는 맛이 으뜸이었던 계절은 아무래도 봄에서 초여름으로 넘어가는 시기였던 것 같다. 덥지도 춥지도 않은 그 시절. 사무실에 있으면 날씨를 낭비하는 기분이라 날마다 창밖 저 먼 곳을 보며 탄식처럼 "아, 오늘 날씨 참 좋다" 하고 말하게 되는 바로 그 시절.

어느덧 길어진 해 때문에, 그 무렵에는 퇴근길도 여전히 환했다. 해가 있는 시간에 퇴근하는 기분은 참으로 삼삼했다. 집으로 돌아오는 길 슈퍼마켓에서 아이스크림이나 병맥주 따위를 사 들고 동네 놀이터를 지나면 꼬맹이들이 까르륵거리며 놀고 있었다. 현관문을 열고 빈집으로 들어오면 나른한 저녁 햇살로 집 안 구석

구석까지 환했다. 나는 살짝 배어나온 땀을 식히려고 오자마자 온 창문을 열곤 했다. 그러면 골목길의 생활소음이 살랑살랑 바람을 타고 들어왔고 나무의 연두색 정수리가 우줄거렸다. 일과를 마쳤는데 이렇게 태양의 기세가 여전하다니, 아직 하루가 많이 남은 기분이 들어 기뻤다. 좋아하는 야구 중계를 보며 저녁을 먹고 선풍기 바람을 맞으며 물방울 송골송골한 맥주를 마시며 되뇌었다. 캬, 이것이 혼자 사는 맛이구나.

어릴 땐 누가 좋아하는 계절을 물어보면 주저 없이 겨울을 꼽았다. 눈과 산타, 그리고 내 생일이 있는 계절이라 그랬던 것 같다. 어린애들은 그런 것에 반하기 마련이니까. 물론 지금도 겨울을 매력 있는 계절이라 생각하고 있지만 나이가 들어 그런가 예전만큼 겨울이 좋진 않다. 추위와 건조함, 낮은 일조량 때문에 겨울이 길어지면 종국엔 지치고, 이따금 한숨을 쉬게 된다. 무엇보다 겨울은 생명력이 박해지는 시절 같아서 울적하다. 풀도 곤충도 가사 상태에 빠지는 것 같고 내 발자국 소리에 소스라쳐 도망치는 길고양이의 등허리 털도 가칠하다.

추위에 몸이 웅크려질수록 봄에서 초여름으로 넘어가는 그 계절이 그립다. 햇살도 생명에너지도 이글이글해서 모두가 가련하기보다 활기차 보이는 그 계절. 가슴통을 파고드는 맥주의 싸르르한 맛이 기가 막힌 그 계절. 난방도 냉방도 필요 없어 공과금 걱정을 내려놓는 독거인의 찰나적 호시절이 사무치게 그립다.

독립하기 전엔 몰랐다

나는 추운 건 질색이지만
가스비는 호환 마마만큼 무섭기 때문에
이래저래 머리를 굴린다

왜 엄마랑 살 땐 단 한 번도
난방비에 신경쓰지 않았던가!

왜 집은 당연히 따뜻한 곳이라 생각했던가!

완전한
세계

혼자 살기 시작한 이후 나와 같은 독립생활자들의 삶을 엿볼 수 있는 텔레비전 프로그램을 애청하고 있다. 특히 밥 먹을 때 꼭 틀어둔다. '식구'라는 말의 뜻이 먹는 입, 즉 끼니를 같이하는 사람이라는데 어쩌면 화면 속 그네들이 내 식구일지도 모르겠다.

날마다 밥 한술과 함께 내 유사 식구들의 혼자살이를 엿본다. 한참을 보다보면 연예인의 삶도 나와 별다를 것 없네 싶어진다. 그네들도 홀로 집을 꾸려나가기 위해 나와 같이 집안일에 시달리고, 어딘가 문제가 생긴 집을 고치느라 애먹고, 때로는 집주인과 트러블도 겪고 그러더라. 외톨이 생활자는 그런 남의 삶을 보며 동지의식을 느낀다. 자신을 위해 바지런히 움직이는 사람을 보며 저렇게 살아야지 자극을 받기도 하고, 나보다 게으른 사람을 보면서 저렇게는 살지 말아야지 다짐도 한다. 더불어 이런 류의 프로그램이 자리를 잡은 덕에 독거라는 것이 보편적인 삶의 방식 중 하나로 당당히 자리매김한 것 같아 무척 고무적이다.

왜, 텔레비전 프로그램의 파급력은 꽤 크지 않은가. 이런 프로그램이 있기 전까지 텔레비전 속의 '가구'라 함은 일일 드라마 속 대가족이나 결혼체험 프로그램 속 가짜 부부 같은 가족 형태가 주였다. 1인 가구 500만 시대라는데 그럼에도 1인 가구는 하나의 '가구'라기엔 뭔가 부족한 취급을 받아왔던 것 같다. 그런데 마침내 저런 싱글 가정이 주인공인 프로그램이 탄생한 것이다! 1인 가구의 보편성이 공인된 것이다!

나는 이 프로그램의 열성 팬이지만 내가 유일하게 불만을 갖는 지점이 있다. 그것은 이 프로그램이 독립생활자들의 삶을 궁극적으로 '동반자가 없는 외로움'으로 귀결시키는 경우가 많다는 부분이다. 외로움 자체가 나쁘다고 생각하지 않으니 독거인의 고독을 묘사하는 것에는 불만이 없다. 다만 이런 독거인의 디폴트 감정인 '외로움'을 타인의 결핍, 특히 배우자의 부재 탓으로 해석하거나, 언젠가 짝을 찾기 위해 감내해야 할 고행의 과정으로 묘사하는 것은 글쎄, 그다지 유쾌하지 않다. 그것은 너무 일방적인 해석이다.

말하자면 이런 장면들. 왁자하게 파티를 하고 친구들이 떠나고 난 뒤 빈집을 정돈하는 주인공의 모습 위에 '덜컥 외로움이 밀려드는 혼자남'이라는 자막이 얹혀진다거나. 일찍 결혼해 가족을 이룬 친구들과 만나고 돌아온 주인공에게 '아무개는 혼자 남겨진 쓸쓸함을 감출 수 없는데……' 따위의 자막이 얹혀진다거나.

과연 그럴까? 여럿이 있다 혼자가 된다는 것은 슬프기만 한 일일까? 동거인 하나 없이 나 혼자 산다는 건 결핍만을 의미할까? 그렇지 않다. 나는 독립생활을 시작하고 알았다. 친구든 가족이든 연인이든, 함께 있으면 함께 있어서 좋고, 떠나면 떠나서 좋았다. 완전무결하게 갖춰진 이 고즈넉한 생태계에서 타인의 합류는 그 왁자함으로 나를 흥나게 하곤 하지만 그들이 떠나면 '아, 이제야 갔군……' 하고 맥이 탁 풀리는 순간도 분명 존재했다. 조용한 나만의 세계로 돌아왔다고 안심하게 되는 순간, 와락 밀려드는 묘한 후련함. 드디어 모두 떠났군, 다시 혼자 되었군, 오직 나에게만 집중할 수 있게 되었군. 이 감정은 결핍감보단 편안함에 가까웠다.

혼자 오래 살다가 근래에 결혼한 회사 동료가 농담 섞어 이야기한 적이 있다. "결혼하니 좋아요. 애인이랑 맨날 같이 있을 수 있고. 근데 너무 좋은데 이 사람이 집엘 안 가네? 슬슬 가야 할 것 같은데 계속 계속 같이 있네?"

어쩌면 우리 모두에겐 외로움의 시간이 필요할지도 모른다. 오직 스스로에게만 집중할 수 있는, 자발적인 고독 타임 말이다. 반려자가 있는 사람들조차 이런 혼자만의 시공간이 간절할지 모르는 일이다. 그렇기에 모두가 떠난 빈집에 혼자 남아 있는 독거인의 모습을 무조건 스산하고 가엾고 가슴 찡한 풍경으로 해석하진 말

앉으면 좋겠다. 그들은 타인들이 응당 있어야 하는 공간에 잉여 분자처럼 혼자 남겨진 것이 아니다. 관계가 결핍된 안타까운 상태도 아니다. 반려자를 찾지 못해 서글퍼하고 있지도 않다. 그러니 우리의 '아무렇지 않음'에 이상한 주석을 달지 말아줬으면 좋겠다. 혼자의 삶에 부족한 것은 아무것도 없다. 여기는 원래 혼자가 당연한 세계다. 우연하게도 잠시 누군가 머물다가 제자리로 돌아갔을 뿐이다. 함께일 때는 함께여서 좋았고, 떠나니 떠나서 좋은 나만의 완전한 세계. 외로움이란 감정을 부정하는 것은 아니지만 이 세계에선 고독조차 조화롭게 자리하고 있다.

우리는 안정적으로 외롭다. 타인의 구원은 글쎄, 지금으로선 딱히 필요하지 않다.

오늘은 종일 날씨가 쾌청했다

퇴근할 때까지도…

나는 아직 남은 햇살을 즐기며 퇴근했다

이 즐거운 독거인은 집 문 앞에 도달해서야

이 사실을 알게 된다

독거인의 문 따줄 이 누구인가···

모기

이 집에 사람은 나뿐
살충청부는 불가능하다.

개미, 나방, 거미, 초파리, 바퀴벌레……
내 손으로 압살한 많은 생물 중
가장 미운 것은 모기.

놈들은 숨죽여 내 혈관에서 무전취식하고,
살갗에 헌혈의 흔적을 남기고,
마침내 여름밤의 사이렌으로 변신, 고막을 희롱한다.

잡는다, 잡고야 만다.
이 집에서 다리가 여섯 개 이상인 생물은
죽음을 면치 못하리.

쓰레기
메이커

사람이 한 발짝 한 발짝 걸어간 자리 뒤엔 무엇이 남을까. 발자국마다 꽃이 피고, 향기가 고이는 사람도 있겠지만 나는 알았다. 내가 걸어가는 길에는 쓰레기만 일렬로 남는다는 사실을. 헨젤과 그레텔은 과자 조각이라도 남겼지, 내가 남기는 것은 과자 봉지들이었다.

　대형마트에서 한가득 장을 봐서 돌아오면 곧바로 바닥에 늘어놓고 정리를 시작한다. 계란 상자를 뜯어 계란 칸에 계란을 넣고, 세제 리필제품을 뜯어 용기에 붓고, 두루마리 휴지들을 싸맨 거대한 비닐을 뜯어 휴지들을 욕실 장에 차곡차곡 넣어둔다. 곧이어 요리를 시작한다. 비닐 랩을 벗겨 고기를 굽고, 핏물이 밴 스티로폼 용기를 버린다. 참치를 털어 쓰고 빈 깡통을 버린다. 생수를 마시고 페트병을 구겨 버린다. 그렇게 한바탕 장바구니 정리 및 끼니

전쟁을 치르고 나면 스티로폼이니 비닐봉투니 종이 포장지니 하는 쓰레기가 산처럼 쌓여 있다. 태초엔 번드르르한 포장이었으나 종국엔 쓰레기로 운명을 마감하는 그것들. 나를 유혹하는 해사한 얼굴이었다가 오물로 변신해 쓰레기통에 처박히는 그것들.

인터넷으로 생필품 따위를 택배로 시킬 때도 마찬가지다. 택배 상자를 열고 비닐로 된 완충재를 걷어내고, 플라스틱 패키지를 뜯고, 종이로 된 설명서를 끄집어낸다. 또다시 종이, 비닐, 플라스틱, 스티로폼으로 구성된 쓰레기의 언덕이 생긴다. 음식물 쓰레기는 또 어떤가. 우리집에 들어온 먹거리들은 대부분 호상보다는 악상을 당한다. 결국 요리가 되지 못한 당근, 양파, 브로콜리가 그 절절한 원통함을 썩는 내로 발산하며 음식물 쓰레기봉투에서 스러진다.

태어나 처음으로 나 홀로 가사를 책임지며 실감했다. 인간이 살아가는 데 얼마나 많은 쓰레기가 나오는지. 그저 생필품을 샀을 뿐인데, 그저 일상을 살았을 뿐인데, 어마어마한 쓰레기가 쏟아져 나온다. 이 한 몸뚱이의 부산물로 일주일에 쇼핑백 두어 개쯤은 너끈히 채운다. 그 대부분은 잘 썩지 않는 물건들이라 환경을 오염시켰다는 죄책감이 만만치가 않다.

비록 썩는 쓰레기긴 해도, 음식을 남겨 버릴 때의 죄책감도 크다. 어쩌다 냉장고 정리를 하면 이제는 먹을 수 없게 된 많은 음식들이 어마어마하게 튀어나온다. 물컹물컹해진 양파, 곰팡이가 핀

고구마, 유통기한이 진작 지난 소스, 화석이 된 피자, 미라가 된 두부 등등. 심지어 썩고 또 썩어 태초에 무엇이었는지 알 수도 없는 존재도 등장한다. 이 모든 것들을 끝도 없이 버리며 덜컥 가책을 느낀다. 나라는 존재가 끝없이 쓰레기를 양산하고 있고, 이 세상을 오염시키고 있다는 태어나 처음 느껴보는 종류의 죄책감. 아름다운 것만 남겨도 모자랄 판에 매일같이 어느 땅을 할퀴고, 어느 강을 흐리고, 어느 해변 거북이의 목을 조를 독소들만 양산해내고 있다는 양심의 가책.

사실 이런 쓰레기 문제는 내가 이제 와서 인지했을 뿐 하루이틀 사이의 일이 아니다. 신문 기사나 텔레비전 뉴스만 봐도 관련 이슈들이 쏟아져나온다. 사람이 살며 쓰레기가 나오는 것이 당연한 일이라면, 이런 류의 가책은 진작 느꼈어야 옳다. 그렇다면 나는 왜 여태껏 단 한 번도 이런 죄책감을 느껴보지 않았던 걸까?

이유는 뻔했다. 그동안 집이 굴러가는 데 있어서 모든 것을 엄마에게 의탁했기 때문이었다. 장을 봐오고, 식자재를 갈무리하고, 요리를 하고, 뒷정리를 하는 모든 과정에 거의 참여하지 않았기 때문이었다. 쓰레기 내다 버리는 일조차 변변히 도와드린 적이 없기 때문이었다. 그렇게 한 인간이 이토록 많은 쓰레기를 토해낸다는 깊은 가책을 오직 엄마에게 다 떠넘기고 있었던 거다. 엄마가 모든 것을 버리게 함으로써! 내 손은 하나도 더럽히지 않으면서! 살인청부도 아닌, 쓰레기 배출청부를 해오며!

이 가정은 내가 꾸려나가고 있기에 이제 그 가책들은 모조리 나의 몫이다. 모두 내 살림이고, 내 쓰레기고, 나의 업보다. 나는 내가 지나간 자리마다 쓰레기의 산이 생기는 것이 싫다. 그래서 과대포장에 대해 경계하고 어떻게 하면 조금이라도 쓰레기를 줄일 수 있을까 궁리하게 됐다. 분리수거에도 열을 올리고, 음식도 어지간하면 버리지 않기 위해 애쓴다. 비닐봉투 대신 장바구니를 쓰려고 노력하고, 아무리 싸도 대량으로 사지 않고 먹을 만큼만 산다. 인간의 육신만큼 좋은 분해도구가 없다지. 어지간하면 남김없이 먹어치워버리고자 한다. 비록 그것이 모두 살이 될지라도.

사람이 한 발짝 한 발짝 걸어간 자리 뒤엔 무엇이 남을까. 적어도 내 뒤편에 쓰레기만 일렬로 남진 않았으면 좋겠다. 발자국마다 오수나 폐수가 고이진 않았으면 좋겠다. 그래서 오늘도 나는 어떻게 하면 쓰레기를 줄일 수 있을지 궁리한다. 여태껏 응당 느꼈어야 할 가책을 오직 엄마에게 전가했던 지난날을 반성하며 말이다.

1인 가구다보니 생필품 하나를 사도 굉장히 오래 쓴다

아무래도 4인 가족이 한달 쓸거 덕달 쓰고

반년 쓸거 2년 쓰게 되는 셈이니까……

그래서 예전엔 이랬던 장보기 원칙을

어느 순간 다소 수정했다

조금 값이 나갈지언정 마음에 드는 제품들,
이를테면 세겹 화장지나 유기농 올리브유 따위를 사며
일일이 가슴 벅차 하는 요즘이다

기왕의 일상,
밖으로

스마트폰이 아닌 플립이나 폴더폰을 쓰던 시절엔 모두들 '휴대폰 충전 거치대'라는 것을 가지고 있었다. 휴대폰을 꽂아둘 수 있는, 전선이 연결된 플라스틱 받침대 말이다. 집으로 돌아와 배터리가 닳은 휴대폰을 거기에 착 꽂아두면 차곡차곡 충전이 되곤 했다. 나는 살면서 언제나 '집'이 나의 충전 거치대라고 생각해왔다. 나라는 기기가 세상을 돌아다니며 배터리가 점점 빠져나가고, 급기야 빨간 불이 들어오면 나는 어서 집으로 돌아가야 했다. 어서 나의 거치대에 착 꽂혀야 했다. 나는 오로지 집 안에서만 충전되니까.

　친구들 중엔 집밖에서 에너지를 얻는 아이들도 있었다. 그애들은 집 안은 답답하다고 했다. 밖으로 나가 세상과 부대끼며, 사람들을 만나며 기운을 얻는다고 했다. 어떻게 밖에서, 남들 틈에서 충전할 수 있지? 많이 나다닐수록 기가 쇠하고, 번잡한 모임에라도 참석했다 돌아갈라치면 영혼이 빈털터리가 되는 나로서는 이해할 수 없는 부분이었다. 물론 그애들도 집을 천당처럼 여기는 나를 이해할 수 없겠지만.

혼자 살고, 집이 나만의 왕국이 되면서 나의 집순이 증상은 더욱 심해졌다. 그래도 예전엔 한 집에서 가족들과 복닥거리는 것이 싫어 드물게 집 앞 카페도 가고, 자전거 마실도 가고 했는데 이젠 그럴 일조차 없었다. 집이 나의 작업실이자, 카페이자, 펍이자, 영화관이자, 도서관이니까. 밖에서 할 수 있는 모든 일을 여기서 할 수 있었으니까. 그것도 세상에서 제일 편한 옷을 입고 세상에서 제일 방만한 자세로, 그 누구의 시선도 신경쓰지 않고 말이다.

그렇게 본디 집순이였던 자가 점점 진화하여 집의 여왕, 집의 황제가 되어갔다. 부득이한 약속이야 별수없이 나갔지만 어지간하면 집에 있고자 했다. 퇴근 후엔 동네 산책을 나가는 일조차 없었다. 식량이 떨어져도 외출이 귀찮아 그냥 주리고 말았을 정도였다.

그러던 어느 날이었다. 온종일 사람에 시달리고, 일에 시달려 마음이 너덜너덜해진 상태로 퇴근했다. 야구라도 보며 잊으려고 프로야구 중계를 틀었는데 응원하는 팀의 경기마저 너무도 형편없었다. 못하는 날이야 수도 없이 많았지만, 이날은 유독 심했던 것 같다. 이리저리 농락당하고 유린당하는 팀을 보며 나는 마음이 답답해 어찌할 바를 몰랐다. 스포츠 팀을 좋아해보지 않은 사람은 이 기분을 모를 것이다. 내가 아닌, 내가 응원하는 팀이 못할 뿐인데 수치스럽고 모욕당한 것 같은 이 기분. 더 잘하는 팀을 택할 수도 있었는데 굳이 내가 선택한 것이 이 팀이라는 것에 가슴에 천불이 이는 이 기분. 결국 나의 선택이기에 누구도 탓할 수 없는 것에 대한 분노. 안 그래도 오늘 하루 일하면서 스트레스가 많았는데 너희마저 이러기야?

태어나 거의 처음으로 집 안이 갑갑해 미치겠다는 생각을 했다. 자리에서 벌떡 일어나 점퍼를 떨쳐입었다. 그저 눈앞에 텔레비전이 없는 곳으로 떠나고 싶었다. 어서 저 썩은 경기를 내 눈앞에서 치워주오. 텔레비전을 곁에 두고 있자니 계속 저 참상을 바라보게 될 것 같아 나는 거리로 나가 무작정 걸었다. 목적지도 딱히 없었다.

그러다 집 근처에 새로 생긴 펍 하나를 발견했다. 며칠째 귀갓길에 지나치면서 어떤 가게일까 흘낏거리긴 했지만, 나 홀로 술집이라니 영 부담스러워 가볼 엄두는 안 냈던 곳이었다. 가게는 반지하였고 손님이 꽉 차봐야 열 명 남짓이나 들어갈 정도로 협소했다. 길에 반쯤 파묻힌 작은 창으로 안을 살피니 일렬로 된 바 자리가 보였다. 덕분에 홀로 들어가기 그리 머쓱할 것 같지 않았다. 거기에 몇 개의 생맥주 탭이 영롱하게 반짝이는 것이 눈에 띄었다. 파블로프의 개처럼 침이 꼴딱 넘어갔다. 프로야구에 대한 분노가 나의 용기센서까지 건드렸나보다. 나는 더 고민하지 않고 성큼성큼 계단을 내려갔다.

그것이 내 첫 단골 술집 바스크Basque와의 첫 만남이었다. 가게는 요리를 하는 형과 접객을 하는 동생, 둘이 운영하는 곳이었다. 외국에선 숱하게 홀로 바에 다녔지만 고국에서 혼자 바에 간 적은 별로 없기에 떨리는 마음으로 맥주 한 잔을 시켰다. 내 눈앞에서 신중하게 따라진 맥주가 조심스레 전달됐다. 맥주에 대한 에티튜드가 훌륭했고 맛도 기가 막혔다. 생맥주는 관리의 맛이라고 단언한다. 이 집은 부지런히 관리하는 것이 틀림없었다.

맥주를 반쯤 비우니 마음이 많이 누그러졌다. 하루의 스트레스, 프로야구를 향한 분노가 맥주 거품처럼 사르르 녹아 없어졌다. 학생 때 만화 〈짱구는 못 말려〉를 보면 짱구 아빠가 퇴근하고 세상 모든 스트레스가 녹아내리는 얼굴로 '크으' 하고 맥주 한 잔씩 마시곤 했지. 그때는 그 감정을 전혀 이해하지 못했다. 하지만 이젠 그 마음을 너무도 잘 안다. 회사에 다니는 순간부터, 우리 모두는 짱구 아빠가 되니까. 이 차가운 금빛 액체로 가슴통에 차오른 하루치 스트레스를 씻어내리는 기분을 알게 되니까.

기분이 살살 풀리는데 몹쓸 호기심이 발동해서 휴대폰으로 야구 스코어를 흘끗 보았다. 여전히 지고 있었다. 흥! 이젠 뭐 됐어, 하고 휴대폰을 탁 내려놓는데 바를 지키던 동생이 그런 나를 본 모양이다. 리모컨을 들더니 가게 안의 텔레비전으로 내가 보던 야구 중계를 틀어주는 것이 아닌가. 앗, 아니에요! 난 그 꼴을 보기 싫어 집밖으로 나왔는걸! 저 악취 나는 경기를 여기에서 보고 싶지 않아! 하지만 손님이 보고 싶은 경기를 직접 틀어주는 저 사려 깊음을 외면할 수가 없었다.

"어머, 감사해요. 안 틀어주셔도 되는데……."
"아니에요. 야구 좋아하시나봐요? 어디 팬이세요?"

그렇게 우리는 야구 이야기로 대화를 시작했다. 바스크의 형제들도 야구팬이었고 가게 손님 중에도 야구팬이 많다고 했다. 어쩌면 저 텔레비전도 야구 중계용일지 몰랐다. 그날의 손님이 나뿐이라 요리를 하던 형도 주방에서 나와 셋이 두런두런 이야기를 나누었다. 나는 내심 '혼자 술집에 와서 한잔하는 여자'가 이상해 보이지 않을까 염려했는데 그들은 오히려 나를 무척 반겼다. 바스크의 형제들은 여행을 많이 다녔는데 외국에서 사람들이 퇴근길이나 여가 시간 책 한 권 신문 한 부 들고, 홀로 바나 펍에 앉아 술잔을 기울이는 모습들이 좋아 보였다고 했다. 우리나라에도 그런 술집을 만들고 싶었다고 했다. 오, 나 역시 런던에서 홀로 펍에 다니던 나날들을 더없이 그리고 있었는데!

런던에 살며 일상적으로 펍에 들어가 맥주를 마시게 된 나는 귀국하고 '맛있는 생맥주' 결핍감에 시달리고 있었다. 아니 맛이 없을지언정 혼자 갈 만한 술집 하나만 있었으면, 하고 간곡히 바라왔다. 아무래도 우리나라엔 혼자 술집에 가는 문화가 흥하진 않았으니까. 게다가 술집 대부분이 안주가 주력이라 술만 시키자니 머쓱하고 안주까지 시키자니 혼자 먹기엔 너무 거했다. 달리 혼자 갈 만한 술집들은 너무 힙하거나 럭셔리해서 마음이 편하지 않은 곳이 대부분이었다. 그렇기에 나 역시 간절했던 것이다. 캐주얼하게 혼자 술잔을 기울일 나만의 펍이! 시집 한 권 들고 가서 간단히 한잔하고 올 단골 술집이!

여기는 딱 내가 원하던 가게였고, 나는 딱 그들이 생각했던 손님이었다. 우리는 서로가 반가워 많은 이야기를 나누었다. 어머, 나 좀 봐. 한 시간 전까지 나만의 굴로 파고들던 집순이가 동네 바에서 낯선 사람들과 환담을 나누고 있네. 기분이 묘했다. 마치 여행 온 것 같아.

그렇게 맥주를 거푸 비우며 이야기를 나누는데 기적 같은 일이 일어났다. 텔레비전 화면 속 응원하는 야구팀이 역전을 한 것이다. 말도 안 돼! 좋은 바를 발견한 것만으로 오늘 행운을 다 쓴 기분인데, 이런 기적까지 일어나도 되는 거야? 흥분한 나에게 맥주 한 잔이 더 도착했다.

"어? 이건 제가 안 시켰는데요."

"우리 가게 단골 중에 손님 말고도 엘지 트윈스 골수팬이 있는데요. 아까 문자로 가게 처음 오신 분이 엘지 응원하고 있다고 하니까 자기가 한잔 쏘겠대요. 자기 이름으로 달아놓으라고."

'저쪽 테이블 아가씨에게 마티니 한 잔' 같은 대사는 영화 속에서나 나오는 줄 알았더니, '저쪽 엘지 팬에게 맥주 한 잔' 같은 일이 실제로도 다 있구나. 나는 낯모를 사람이 원격으로 쏜 맥주를 마시며 더욱 유쾌해졌다. 새로운 바를 개척해서 기뻤고, 그곳이 너무도 내 취향이라 즐거웠고, 새로운 경험들이 즐비해 행복했다.

경쾌한 발걸음으로 귀가하면서 생각했다. 이유야 어찌 됐든, 오늘 내가 문밖으로 나서지 않았다면 이런 경험은 내 것이 아니었을 것이다. 오늘이 집에서 뒹굴다 마감한 어느 평범한 저녁날이었다면 나의 역사에 기록되지 못했을 것이다. 물론 이 경험 하나가 내향적인 나의 성격, 나돌아다니면 방전되고 집 안에서만 충전되는 이 성격을 단박에 뒤집지는 못할 것이다. 그것은 천성이니까. 집안이 언제나 안전하고, 평온하고, 아늑하다는 것도 부정할 수 없다. 단언컨대, 집 안엔 좋은 것투성이니까.

하지만 더 좋은 것은 문밖에 있지 않을까? 아니 더 좋을 가능성이 있는 것들은 문밖에 있지 않을까? 나는 현관문을 걸어 잠금으로써, 그 모든 가능성을 걸어 잠그고 사는 것이 아닐까? 편안한 옷을 입고 익숙함에 기대 누워 안전함을 만끽하는 것도 좋지만, 이따금은 몰랐던 세상으로 나아가는 것은 어떨까? 집만을 지상 낙원으로 여겼던 나의 첫 깨달음이었다.

*

그후로도 나는 문턱이 닳도록 바스크에 드나들었다. 가게의 형제
들과도 친밀해지고, 명실상부 으뜸 단골손님이 되었다. 하지만 내
가 사랑했던 나의 첫 단골 바 바스크는 오픈 2년 만에 문을 닫았
다. 치솟은 월세 때문에 재계약을 하지 못했기 때문이다. 나는 마
음을 의탁할 좋은 바를 잃어 몹시 서글프다. 바스크만한 바를 결
국 다시 찾지 못했다. 하지만 그들이 새로운 터에서 다시 바스크
를 오픈하길 기다리고 있고 분명 그렇게 될 거라 믿고 있다.

모종의 전환점을 눈앞에 두고 있을 땐
그 지점만 넘기면 삶이 환골탈태할 것만 같다

물론 나도 그랬다

하지만 알게 되었다

겨울

어린 시절엔 크리스마스와 눈썰매의 계절이었으나
이제는 가스비와 웃풍의 계절.

가스비 고지서를 받아들고 입을 떡 벌려봐야
진정한 독립생활자라 할 수 있겠다.

사계절이 있다는 사실이 이 나라의 장점이라고
세뇌받아온 지난 세월을 부정하며,
겨울과의 본격적인 전쟁에 돌입하는 우리.

요새처럼 난방 텐트를 치고,
갑옷처럼 극세사 담요를 두르고,
군화처럼 수면 양말을 신고
이 약탈의 계절이 조속히 물러가기만을 소망한다.

가사의
장르

가사노동은 대체로 지루하고 귀찮은 일이다. 집을 짐승 소굴로 만들지 않기 위해 응당 해야 하는 일이지만, 집안일을 마음으로 사랑하여 영혼을 바쳐 하는 사람은 없지 않을까 싶다. 그렇지만 꾸역꾸역 집안일을 해치우다보면 집안일에도 나름의 장르가 있고 거기에도 취향이 개입된다는 사실을 알게 된다. 나의 경우 확실히 청소나 소제보다는 정리와 정돈을 좋아하고, 물 없이 하는 일보다는 물 쓰는 일을 좋아한다. 대동소이한 일들 가운데 무슨 차이가 있나 싶겠지만 따져보면 이렇다.

우선 '청소'는 쓸고 닦아 깨끗하게 만드는 과정이고 '정리'는 어지럽혀진 것에 질서를 부여하는 과정이다. 순전히 내 임의대로 분류한 것이지만, 진공청소기를 돌리고 걸레질을 하는 것이 청소라면, 책을 순서대로 꽂고 옷을 옷걸이에 거는 것은 정리다. 나의 경우 청소는 귀찮고 큰 의욕이 생기지 않는데, 정리에는 희열을 느낀다. 이따금 멀쩡히 꽂아진 책을 무지개처럼 배열하고 싶은 욕망에 공연히 채도별로 재구성하기도 하고, 이미 나름의 규칙성으로 놓인 소품들을 괜스레 재정비하기도 한다. 새로운 수납도구를 사는 것도 좋아해서 와인랙 같은 걸 사서 술병을 차곡차곡 기대어놓거나, 접시 거치대 따위를 사서 마음에 드는 접시들을 진열하기도 한다. 속옷 수납함이나 양말 수납함 따위도 곧잘 사서 꿀벌이 벌집에 꿀을 채우듯 칸칸이 팬티와 양말을 쏙쏙 담아둔다. 지금 위시리스트에 담긴 것들만 해도 양념 선반, 분리수거함, 논슬립 옷걸이같이 정리정돈과 관련된 것들이 대부분이다.

집을 훑어봤을 적에 단정히 적소에 배치된 사물들을 바라보고 있으면 참으로 흡족하다. 이 집이 제대로 굴러가고 있다는 안정감이 찾아온다. 학창 시절에도 공부하기 전에 책상 정리부터 하는 타입이었으니 말 다 했지. 나는 언제나 나를 둘러싼 공간이 멀끔히 정리되어 있어야 뭔가 시작할 엄두가 나곤 했다. 요즘도 자고 일어나면 침구부터 판판히 펼쳐 침대를 멀끔히 정리한다. 멋대로 구겨지고 쭈그러져 있는 이불만큼 방을 못나 보이게 하는 것도 없다고 생각하니까. 소파나 책상 의자에 널브러진 옷가지나 가방 따위는 일절 없다. 모든 것은 제가 있어야 할 곳에 척척 들어가 있어야 하고, 그렇게 만드는 일련의 과정은 나의 즐거움이다.

이렇게 말하니 굉장한 결벽증 환자 같지만 앞서 말했듯이 나

는 청소에는 흥미가 없기에 사실 우리집은 위생에 있어서는 빵점
이다. 위에 나열한 정리벽 때문에 모든 살림들이 저마다의 위치에
정갈하게 자리하고 있지만 면밀히 보면 모두 얇은 먼지 옷을 입고
있다. 왜냐, 나는 정리정돈은 좋아해도 청소는 게을리하기 때문이
다! 눈으로 슥 훑어보면 결벽증 환자의 집이지만, 손끝으로 쓱 훑
어보면 '으응?' 싶어지는 집! 가끔 방문하시는 엄마가 '방바닥이 써
글써글하다. 걸레질하긴 하냐?' 하고 타박하시는 집! 모든 것이 더
할 나위 없이 정갈하나, 청결하진 않은 곳이 바로 우리집이다.

물을 쓰는 분야에 대한 선호는 내가 뭔가를 빛나게 하고 광나
게 하는 것을 좋아하기 때문인 것 같다. 화장실 청소나 설거지가
대표적이다. 물론 세상에 화장실 청소나 설거지를 환장해서 하는
사람은 없을 테고 나 역시 그렇지만, 산재한 집안일 중 그나마 할
만 하다는 이야기다. 기름때로 뒤덮인 프라이팬 따위에 다시 광을
내고, 양념이 덕지덕지 묻은 식기를 뽀드득 닦아내는 과정은 나름
보람차다. 거울과 변기, 타일에 말간 빛을 찾아주는 화장실 청소
도 마찬가지다. 열띤 청소를 마치고 락스 냄새가 희미하게 감도는
화장실을 휙 둘러보면 뿌듯함이 차오른다.

이렇게 가사 취향을 쭉 이야기하고 나니 내가 좋아하는 분야는
눈으로 봤을 때 확연히 티가 나는 쪽인 것 같다. 결과치가 가시적
이고, 혹 동거인이 있다면 내가 했다고 생색낼 수 있는 부분들. 청
소기 돌려봐야 눈에 띄게 달라지는 것은 없지만 티셔츠를 색깔별

로 정리하면 눈에 확 띄잖아. 걸레질은 해봐야 변화가 적어 생색
내기 힘들지만, 화장실 청소는 해치웠다고 으스대기 그만이잖아.
거기에 어린 시절 물장난에 대한 향수 때문에 물을 쓰는 것도 좋
아하고 말이다.

따져보니 나의 가사 취향은 영 허세투성이다. 거기에 아동적인
듯도 하다. 동거인을 찾는다면 나와 반대 취향인 사람이 좋을 것
같다. 정리정돈엔 취약해도 청소와 소제엔 흥미가 많은 사람. 설거
지는 싫어해도 요리는 좋아하는 사람. 그런 사람이 나와 가사 짝
패가 될 수 있을 것 같다.

장 봐온 양파에 싹이 났다

감자에도 싹이 났다

마침내 고구마에도 싹이 났다

날이 더우니 식재료를 빨리 소진하자!

취향의
상자

여학생들의 필통엔 무슨 펜이 그다지도 많은 걸까. 학창 시절 나역시 정작 쓰는 펜은 한두 자루임에도, 용돈만 생기면 새 펜을 사곤 했다. 당시 나와 내 친구들은 시중에 파는 필통은 성에 안 차하드보드지로 큼직한 상자를 직접 제작해 펜을 담아 다녔다. 좋아하는 연예인의 사진으로 겉을 포장했기 때문에 필통만 봐도 누구의 것인지 단박에 알 수 있었다. 친구의 필통을 열고 내용물을 살피는 것도 언제나 재미있는 일이었다. 그 안에 저마다의 취향이 빼곡했기 때문이다. 누군가의 필통엔 바늘처럼 얇은 펜만 가득했고, 누군가의 필통엔 도톰한 펜들이 다수였다. 누군가의 필통엔 색이 또렷한 사인펜이 가득했고, 누군가의 필통엔 색이 은은한 색연필이 가득했다. 고작 필기구일 뿐인데도 필통마다 사람들의 취향이 담긴 것이 재미났다.

나이를 먹어가며 우리는 펜보다 더 비싼 것들로 필통보다 더 큰 것들을 채워나가기 시작했다. 예를 들면 옷장 같은 것. 거기에도 저마다의 취향이 개입된다. 친구들과 쇼핑을 하다보면 날로 공고해지는 저마다의 취향에 놀란다. 하나의 옷을 보면 저건 내 친구 아무개의 스타일, 저건 아무개의 스타일 하는 식으로 각이 나온다. 아마 저마다의 옷장을 열어보면 각자의 취향이 빽빽하게 걸려 있을 것이다. 책장도 마찬가지다. 누군가의 책장엔 만화책들이, 누군가의 책장엔 소설책들이, 또 누군가의 책장엔 시집들이 빼곡하겠지.

나는 이런 개인의 취향을 소중하게 생각한다. 취향만큼 인생을 풍요롭게 만드는 것이 없기 때문이다. 취향에 부합하는 뭔가를 찾아냈을 때의 만족감은 말로 표현할 수 없다. 생각난 김에 '취향'이라는 단어를 사전에서 찾아보니 '하고 싶은 마음이 생기는 방향, 또는 그런 경향'이라고 간단하게 설명되어 있었다. 좀더 근사한 설명을 기대했는데 다소 시시한 문장이라 김이 빠졌지만 그래도 '마음이 생기는 방향'이라는 말은 마음에 들었다. 취향은 마음의 방향인 것이다. 결코 단기간에 설정되지 않고 오랜 시절 차곡차곡 쌓여온 나만의 기준, 나만의 테이스트. 내 삶이 향할 곳을 알려주는 마음의 화살표.

나는 취향이 확실한 사람이 좋다. 누군가가 생일을 맞이한다고 가정했을 때, 선물거리가 단박에 떠오르는 사람이 좋고 나 역시 그런 사람이 되고 싶다. 도통 좋아하는 게 없고 취향이랄 게 없어 선물을 하려 해도 무엇에 기뻐할지 도무지 감이 안 오는 사람이 되고 싶진 않다. 누군가 나라는 인간을 떠올렸을 때, 또렷하게 잡히는 나의 취향을 감지해줬으면 좋겠다. 취향이란 자기만의 세계를 가리켜주는 영혼의 나침반이니까. 그 나침반이 있어야 자기만의 세계로 갈 수가 있으니까.

어쩌면 우리의 인생이란 취향에 맞는 것들로 저마다의 상자를 채워가는 과정이 아닐까 싶다. 세상이 전부 신비하기만 한 순백의 신생아로 태어나, 스스로의 취향을 발견해나가고, 그 취향에 맞춰 필통이나 파우치, 보석함, 옷장, 책장, 냉장고 따위를 채워나가는 과정, 그것이 인생이 아닐까 싶다. 그렇게 인간이 채울 수 있는 취향 상자 가운데 가장 큰 것이 바로 집이겠지.

독립하고 빈집을 채워가며 사들인 모든 가구, 가전, 침구, 러그, 커튼, 액자, 식기 등등에 나의 취향이 반영됐다. 각각 다른 시기에 각각 다른 곳에서 구비했음에도 온 집을 아우르는 나의 취향이 분명히 있다. 그것은 내 집에도 있고, 친구의 집에도 있다. 우리 집은 화이트와 원목, 파스텔톤 패브릭으로 구성되어 있지만 친구의 집은 강렬한 색감과 또렷한 패턴이 지배하고 있다. 친구와 나는 욕실 매트 하나를 골라도 그 무늬가 딴판이다. 우리는 서로 다른 인간이고, 우리의 취향도 판이하기에 이렇게 집의 모양새도 달라지는 것이다.

집은 한 사람이 꾸리는 취향의 우주다. 내 집에 와보면 내 취향이 명확히 드러나듯, 남의 집에 가보면 그 사람의 취향이 오롯이 느껴진다. 이처럼 귀하고 신비로운 우리의 취향. 나는 오늘도 나만의 공간을 나만의 취향으로 채우며 살아가고 있다.

난 있지 배워서 직접 해보고 싶은게 참 많다?

도예 배워서 그릇도 만들고 싶고…

가죽공예 배워서 가방도 만들고 싶고

목공 배워서 원목가구도 만들고 싶고

재봉틀 배워서 침구나 옷도 만들고 싶고…

뜨개질 배워서 이런저런 소품도 떠보고 싶고…

두근♥   두근♥

따지고 보니 그랬다
자급자족의 삶은 원시적이고 소박한 것이 아니라

우아하고 고상한 것이었다

건더기 수프

라면에 털어 넣는 알량한 야채 조각들.
부모님과 살 적엔 먹는 둥 마는 둥 하고
싱크대에 대충 따라 버렸다.

하지만 가사인이 되고 알았다.
음식물 쓰레기는 큼직한 것이 차라리 처리하기 쉽지
이런 작은 조각들은 거름망에 들러붙어
처리하기 사납다는 사실.

종잇조각 같은 맛이 날지언정
악착같이 건져서 먹어 치운다.

차라리 넣지 말까봐.

겁이 많은
소처럼

사주를 보니 내가 소의 팔자라고 한다. 그 때문일까. 후려치는 사람도 없는데 제풀에 성실하다. 의무와 책임의 멍에를 지고 꾸역꾸역 질긴 하루를 씹어 삼킨다. 언제나 나를 움직이는 건 형체 없는 불안. 낙관은 태평한 자들의 정신 승리 같다. 세상은 나의 살을 노리는 육식동물들로 가득한 것 같고, 겨울은 도적처럼 찾아들어 나를 약탈해갈 것 같다. 이따금 진이 빠져 주저앉아 쉬려고 하면 흙바닥에 휙 지나가는 채찍 그림자에 소스라쳐 계속 앞으로 나아간다. 그것이 휘청거리는 제 꼬리 그림자인 줄도 모른 채.

조급함을 버리자, 조급함을 버리자, 되뇌는 나의 입술이 조급하다. 팀원으로서 딸로서 인간으로서 제 몫을 해내야 한다는 생각이 어깨를 누르는데, 오직 스스로의 힘으로 이겨내야 한다는 단독자로서의 고립감이 엄습한다.

사람들은 혼자 짊어지는 이 멍에가 너무 무거워 짝을 찾는 걸까. 짝을 찾는다고 멍에가 사라지는 것도 아니고 오히려 새로운 멍에가 더해질지도 모르는 일이지만, 적어도 '오늘은 유달리 무겁네'라거나 '나 잠시 쓰러질게' 하고 두런거릴 수 있는 동료가 생기는 것은 의미 있는 일일지도 모르겠다.

겨울엔 뜨거운 물을 채운 물주머니를 끌어안고 잔다

오늘도 녀석을 품에 안으며 생각했다

엄마와의
거리

혼자 살며 한때는 요리의 혼이 들끓어 꽤 많은 것을 해 먹었다. 카레, 스테이크, 파스타, 피자는 물론 쿠키까지 구웠으니 말 다했지. 그때는 셰프 데뷔의 기분이랄까, 내가 장악하는 부엌을 갖게 되었다는 사실에 흥분했던 것 같다. 엄마의 부엌에 빌붙어 있을 적엔 밀가루 하나를 찾으려 해도 엄마에게 어디 있냐고 물어야 했고 그거 하나 못 찾느냐는 타박을 들어야 했건만 나만의 부엌에선 소금 한 톨, 비닐장갑 하나까지 내 지배 아래 있었다. 엄마는 관심 두지 않았던 모차렐라 치즈나 치킨 스톡 같은 신문물(?)까지 내 뜻대로 갖출 수 있었다.

그렇게 오래오래 요리하며 살았습니다…… 라고 한다면 해피엔딩이겠지만 나의 요리 여정은 금세 막을 내렸다. 어느 순간 독거인의 요리는 시간이나 물자의 낭비가 많다는 사실을 깨달았기 때문이다. 지친 몸으로 퇴근해서 장 보고 밥해 먹고 뒷정리까지 마치고 나면 이미 이슥한 밤이었다. 끼니가 시간도적 같을 지경이었다. 거기에 남겨 버리는 음식물 쓰레기의 양도 상당했다.

그러다보니 나중엔 최소한의 음식만 하거나 거의 사 먹는 쪽으로 기울었다. 주방에 물기가 사라지고 가스비도 줄기 시작했다. 가끔 보이던 개미마저 발길을 끊었다. 하지만 요리를 끊었을지언정 제대로 못 먹고 지내는 것은 결코 아니었다. 섭생의 양상은 달라졌지만 어찌 됐든 배는 채우고 살았다. 나의 뻗치는 식욕이 공복을 허용하지 않기 때문이다. 오히려 너무나 잘 먹고 살고 있다. 곁에서 컨트롤해주는 이가 없어 그런가 음주량도 늘었고, 사 먹는 음식이 영양은 박해도 열량은 그득해 그런가 살이 포동포동 올랐다.

그럼에도 엄마의 눈에 나는 '잘 챙겨먹지도 못하는 자취생'인가보다. 가끔 전화나 문자로 연락을 하는데 첫마디는 늘 "밥 먹었어?"요, 다음 말은 "뭐 먹었어?"다. 이렇게 잘 먹고 살며 착실히 살이 오르고 있는데도 엄마는 늘 내 끼니가 걱정인 것이다. 먹을 게 없어 밥을 거르진 않았는지 집에 쌀이나 김치가 떨어지진 않았는지.

이렇게 말하면 엄마를 엄청 드문드문 만나는 것 같지만 실은 안부 전화가 무색할 정도로 자주 만나고 있다. 같은 서울 하늘 아래 살기 때문에 한 달에 두세 번 정도 본가에 간다. 그러면 늘 안색이 좋지 못하다는 둥, 몸이 수척해진 것 같다는 둥, 잔소리가 이어진다. (실제 나의 체중은 날로 늘고 있음에도) 잔소리 뒤에는 '혼자 살며 잘 못 챙겨먹고 사는 딸'이 모처럼 집에 왔다고 진수성찬이 줄이어 등장한다. 식사 뒤에 나오는 후식도 끝이 없다. 끼니만으로도 이미 배가 볼록해진 나에게 엄마는 끝없이 과일, 견과류, 요구르트를 내주시며 잔소리를 하신다.

"집에 이런 과일이나 있냐? 잘 챙겨먹고 살아."
"걱정하지 마, 엄마. 나 잘 먹고 산다니까?"
"에그, 안색도 안 좋고 영 건강치 못해 보이는구만. 너 언제까지 혼자 그러고 살래? 결혼은 안 해?"

대화는 곧잘 밥으로 시작해서 결혼으로 넘어가곤 했다. 엄마에게 독거인의 삶은 무한정 휘청거리는 삶으로 보이는 것 같았다. 끼니도 불확실하고, 미래도 불확실한 삶. 어디에도 뿌리박지 못하고 부레옥잠처럼 떠도는 삶. 엄마는 내가 어서 짝을 이뤄 안정을 찾길 바라는 것 같았다. 한때 내가 좋아했던 미국 드라마들이 떠올랐다. 〈프렌즈〉나 〈섹스 앤 더 시티〉 같은 것들. 마지막 시즌엔 대다수가 반려자를 찾아 한 쌍을 이루고 끝나곤 했다. 마치 부평초처럼 떠도는 주인공이 한 명이라도 있으면 마음 편히 엔딩을 볼 수 없다는 듯이. 그렇지만 짝을 찾으면 무조건 해피엔딩인 걸까. 배우자가 생긴다고 안정감이 찾아올까. 이런 대화가 자꾸 이어지자 하루는 엄마의 마음을 알고 싶어 진지하게 물어봤다.

"있잖아, 엄마. 나 지금 충분히 잘 살고 있어. 편하고 만족스러워. 인생의 황금기 같을 정도야. 근데 엄마는 왜 그렇게 걱정이 많아? 내가 잘 먹고 있는지, 결혼은 할지 말지……. 엄마의 그 불안은 대체 뭐야?"

잠시 골똘히 생각하던 엄마가 말했다.

"글쎄…… 부모는 일단 자식이 잘 살게 해야 한다는 의무감이 있는 것 같아. 결혼이라도 시켜야 한시름 놓는 느낌? 거기까진 내 몫인 것 같은 느낌?"

이해가 갈 듯도 했다. 엄마에겐 당신이 세상에 불러놓은 영혼이 무리 없이 행복하게 살았으면 하는 간절한 소망이 있는 것이다. 세상이 보편으로 정해놓은 길이 결혼이고, 그쪽이 행복할 가능성이 높다 생각되니 내 자식이 그편으로 향해 갔으면 하는 바람이 있었던 것이다. 이것은 소망과 바람을 넘어 일종의 책임감이었다. 자식을 결혼시켜 보편타당한 안정의 궤도 안에 밀어넣어야 숙제를 마친 것 같은 부모로서의 의무감. 이런 엄마의 마음을 알고 나서 '내 선택에 의해 내가 어떤 미래를 맞이하든 그건 나 스스로의 몫이니 그런 책임감 내려놔도 돼, 엄마'라고 속으로 생각했지만 입 밖으로 내진 않았다. 마음이 찡해졌기 때문이다. 세상 누가 나의 행복을 이처럼 간절히 소원하겠는가. 세상 누가 나의 안정적인 삶에 이렇게까지 책임감을 갖고 있단 말인가. 단기적으론 나의 끼니부터, 장기적으론 결혼까지 엄마는 오직 내 행복을 지켜주는 것이 인생의 과제였던 것이다.

물론 내가 엄마의 이런 마음에 감복했다고 해도, 단박에 결혼에 골인해 엄마의 시름을 한 방에 날려드릴 수는 없을 것이다. 안정과 행복에 대한 우리의 견해 차이도 좁힐 수 없을 것이다. 그래도 엄마의 걱정을 덜어드리기 위해 스스로를 더 착실히 챙겨야겠다는 생각이 들었다. 다시 나를 위해 요리도 하고, 과일도 사다 먹고, 영양제도 챙겨먹어야겠다는 생각이 들었다. 엄마가 느닷없이 전화해 "밥 먹었어? 뭐 먹었어?" 하면 당당하게 뭘 먹었노라 자랑할 수 있도록.

생각할수록 감사한 일이었다. 내가 지구 어느 켠에 떨궈져 있건 나의 끼니를 걱정하고, 나의 안녕을 간절히 소망하는 분들이 있다는 것. 같이 살 적엔 엄마의 챙김이 너무도 당연해 감사한 줄도 몰랐는데 떨어져보니 새삼스러웠다. 어쩌면 이것도 독립의 효과였다. 익숙한 삶을 떠나 낯섦을 찾아 나서길 잘한 것 같다. 공기처럼 당연하게 여겨왔던 이 자욱한 애정마저 새삼스러운 것을 보니.

엄마가 다녀가셨다

긴장

어서
오소

역시나 엄마는 매의 눈으로 온 집 안을 살피신 뒤

에그
창틀에
먼지!

웃풍은
없네…

냉장고가
너무 작다

나름 합격점을 주셨다

제법…
잘 해놓고
사네

그치
그치?

엄마의 합격점을 받으니 뭔가 뿌듯해

우울

독거인이 우울감에 빠져들 때는
아빠의 잔소리나 엄마의 호통 같은 가족 소음이
그동안 내 우울의 제동장치였음을 알게 된다.

나 외엔 생명체가 제로인 공간에서
내가 빠져드는 이 깊고 푸른 물이
수심 1.5미터의 수영장일지,
수심 11킬로미터의 마리아나 해구일지,
가늠이 안 되는 채로 하강, 또 하강.

'희망'의 '망'이 바랄 망望이 아닌
망령될 망妄이 아닐까 의심하게 되는 상태.

온 집에
일렁이는 **음악**

블루투스 스피커를 샀다. 사실 음악이야 휴대폰 스피커로 바로 틀어도 듣는 데 큰 무리는 없었지만 조금만 음량을 높여도 쩨지는 소리가 나는 듯해서 큰마음을 먹고 스피커를 구입했다. 그런데 질 좋은 스피커가 둠둠 몸체를 울려가며 내는 소리는 확실히 달랐다. 멜로디언이 내던 음을 피아노가 내는 것 같은 느낌? 과연 이것이 음악이구나 싶어졌다. 고작 한 뼘만한 스피커가 생김으로 인해서 나는 '진짜 음악'을 어디서나 휴대할 수 있게 된 것이다.

스피커가 생기자 침실에서도 거실에서도 주방에서도 욕실에서도 음악을 즐길 수 있게 되었다. 음악이 내게 접착됐다. 보통 아침에 일어나자마자 음악을 튼다. 아침에 주로 듣는 음악은 밝고 경쾌한 음악이다. 매일 아침 반복하는 루틴에 진입하는 데 있어 이런 음악들은 리듬감을 더해준다. 욕실에도 스피커를 가지고 들어가 샤워를 한다. 고작 몸을 씻는 일인데도 BGM이 첨가되면 무슨 근사한 극의 주인공이 된 것 같다. 화장을 하고 입을 옷을 고르는 동안에도 음악이 울려퍼진다. 가끔 머리를 빗으며 어깨를 우쭐거리고 화장품을 토닥거리며 궁둥이를 들썩거린다. 일상에 흥이 더해진다. 귀가해서도 바로 음악을 튼다. 요리를 할 때나 설거지를 할 때도 음악을 틀어두면 일을 하는데도 춤을 추는 기분이 된다. 양파를 써는 손끝에도 리듬이 실리고 접시를 문지르는 동작에도 그루브가 묻어난다. 이래서 노동요라는 것이 존재했구나. 이슥한 시간엔 잔잔한 음악을 걸어두고 소파에 파묻힌다. 낮에는 흥이던 음악이 밤에는 분위기가 된다. 음악을 타고 시 한 편이 몸속으로 스며든다. 술도 더 달다. 나는 음악을 덮고 잠에 든다.

　음악은 마치 참기름 같다. 음식에 참기름을 휘리릭 두르면 향이 고소해지고 반질반질 윤기가 돈다. 보통의 음식도 그럴듯한 요리가 된다. 반복되는 일상은 꼭 밋밋한 맨밥 같다. 시시하고 지루해 맛이 잘 느껴지지 않는다. 너무 퍽퍽해 목이 메기도 한다. 우리는 거기에 참기름 같은 음악을 두르는 것이다. 윤기와 향기가 더해지도록. 흥과 정취가 가미되도록.
　오늘도 난 혼자만의 일상에 향긋하고 고소한 음악을 두른다. 이게 다 새로 산 스피커 덕이다.

나 홀로 식사를 할 적에는

먹방을 찍는 상상을 한다

나 홀로 화장을 할 적에는

뷰티 유튜버가 된 상상을 한다

이런 나도
운동을 한다

타고난 체력이 그다지 좋지 않다. 활동적인 성격이 아니라 신체활동도 거의 없다시피 하다. 따로 시간을 내 운동하는 일도 거의 없었다. 이따금 요가 클래스나 헬스장을 등록하긴 했지만 유난히 몸이 나른하다는 둥, 오늘은 이미 무리했다는 둥, 내일은 일정이 빡빡하다는 둥 날마다 팔만대장경급 핑계를 양산해내며 회원권만 낭비했다. 등록 기간이 끝나 머쓱한 얼굴로 사물함에 감금된 운동화를 수거하러 가는 일만 여러 차례.

그리 살다보니 마우스를 움직이는 게 팔운동의 전부, 다리를 달달 떠는 게 다리운동의 전부였다. 그렇게 근육 세포라고는 멸종해버린 육체인지라 조금만 움직여도 숨이 차고 몸이 아팠다. 쇼핑하느라 백화점 한두 시간만 돌아다녀도 허리가 쑤셨고, 지하철 역에서 지상으로 올라갈 적엔 계단 중간 어디쯤에서 무릎을 짚고 쉬어

주어야 했다. 수십 해를 그따위 몸뚱이로 살았기 때문에 나는 이게 나의 기본값인 줄 알았다. 철마다 따박따박 찾아오는 감기나, 몸 곳곳에 도사리고 있는 만성적인 염증 같은 것들은 그냥 평생지기라고 생각했다. 아마 특별한 계기가 없었다면 이처럼 건강치 못하지 육신을 되는대로 부리며 살아갔을 것이다.

하지만 바로 그 '계기'라는 것이 찾아왔다. 혼자 살기 시작한 이래 살이 7~8kg쯤 붙어버린 것이다. 부모님과 살 적에 나의 체중은 많이 먹든 적게 먹든 나름의 항상성을 유지하고 있었다. 그래서 나는 내가 어떤 삶의 형태를 취하건 그 체중일 줄 알았다. 살은 이런 방심을 비집고 차올랐다. 독립 이후 요리에 흥미를 잃고 나서부터 영양은 적지만 열량은 높은 음식만 주야장천 먹어댔고, 회사와 집이 가까워진 통에 활동량은 턱없이 줄었다. 그 와중에 단골 바를 발굴해 수시로 드나들며 푸진 안주를 먹고 맥주를 때려마셨다. 살이 안 찔 턱이 있나! 그렇게 바지가 안 들어가기 시작하고, 얼굴에 여백이 늘기 시작하고, 심지어 어금니가 볼살을 자주 깨물 지경이 됐는데도 나는 나의 부피 확대를 외면하고 있었다. 옷이 끼는 건 세탁기 탓이겠거니, 몸이 불어 보이는 건 거울 탓이겠거니, 얼굴이 못나 보이는 건 기분 탓이겠거니 했다. 집엔 체중계조차 없었다. 그런 현실도피 가운데 나는 착실히 살찌고 있었다.

그러다 오랜만에 만난 지인이 돌직구, 아니 강철직구를 던졌다. 너 살이 엄청 쪘다고! 어쩌려고 이러냐고! 그 말에 충격을 받아

체중계부터 샀다. 긴장하며 올라간 체중계의 숫자는 충격적이었다. 떨리는 손으로 안경도 벗고, 머리끈까지 풀고 올라갔지만 체중계는 단호했다. 나는 인정할 수밖에 없었다. 살쪘구나! 그것도 엄청 많이. 어쩐지 모든 바지가 입고 걷기만 하면 가랑이 사이에서 뭐가 터지는 소리가 북 북 나더라! 언젠가부터 허벅지를 가리느라 긴 티셔츠만 입게 되더라! 잘 끼던 반지가 맞지 않고, 잘 신던 신발마저 작더라!

엄습한 위기감에 다이어트를 결심하고 운동을 알아보기 시작했다. 활동성 제로에 의지박약인 내가 어떤 운동을 해야 그나마 안 빼먹고 잘 나갈 것인가? 일반 헬스나 요가는 이미 실패로 판명났다. 그렇기에 나는 나 자신에게 돈의 굴레를 씌우기로 했다. 회당 수만 원씩 하는 PT를 등록해버리기로 한 것. 그래야 돈이 아까워서라도 안 빠질 것 같았다. 만만치 않은 가격이었지만 근래엔 워낙 유행하는 운동인지라 가격 경쟁이 붙어 예전만큼 비싸진 않았다. 그렇게 나는 과감히 PT를 등록하고 운동을 시작했다.

운동을 시작하며 사실 걱정이 많았다. 회사일에 개인 작업에시 공부에 나름 빡빡한 일상을 꾸려나가는 중이었다. 여기에 격렬한 신체적 활동이 끼어들다니 내 유약한 신체가 과연 버텨낼까 싶었다. 이 바쁜 가운데 운동이라니, 바늘 하나 더 얹으면 와르르 무너질 것 같은 스케줄에 아령 하나를 올려놓는 격이 아닐까? 과연 내가 해낼 수 있을까?

하지만 인체란 신비했다. 운동은 과연 고생스러웠고, 욕지기가 나올 지경이었지만 놀랍게도 해치우고 나면 개운했다! 트레이닝복이 축축해지도록 운동을 하고 나면, 컨디션이 형편없이 나빠지는 것이 아니라 몸은 지쳤음에도 정신적으로는 새로운 의욕이 솟아났다. 체력이 붙을수록 일상을 버틸 능력치가 늘어나는 기분이었다. 만원 지하철 안에서도 꿋꿋이 서 있을 수 있었고 약속 장소가 멀어도 그리 피곤하지 않았다. 퇴근하고 나서도 새로운 일을 할 여력이 생겼고 시시각각 나를 공격하던 각종 질병도 기세가 꺾인 듯했다.

그 모든 변화 중 가장 놀라웠던 것은 운동을 통해 마음에도 힘이 붙었다는 사실이었다. '건강한 몸에 건강한 정신'이라는 옛 표어도 있지 않은가. 나는 이 문구가 운동 독려용으로 그냥 하는 말인 줄 알았다. 하지만 놀랍게도 이 말은 단단한 진실이었다. 그간 나의 많은 우울, 짜증, 슬픔 같은 마이너스적인 감정이 육신의 허약함에서 비롯되었다는 사실을 알게 됐다. 모두 경험해본 적 있을 것이다. 숙면을 취하지 못해 묵직한 머리로 깨어났더니 출근길부터 짜증만 나던 경험. 중요한 일이 있는데 꾸룩꾸룩 복통이 감지되어 더없이 불안했던 경험. 나 역시 회사에서 일이 잘 풀리지 않아 뜻밖의 야근을 하게 되어도 컨디션이 좋으면 버틸 만했지만 몸이 안 좋으면 울컥 분노가 치밀곤 했다.

따져보면 주변에 '성격 좋다'는 말을 듣는 사람들, 늘 마음의 여유가 있는 사람들, 인내심이 탁월한 사람들은 대체로 체력이 좋은 사람들이었다. 체력이 좋으니 신체증상에서 비롯된 짜증이 적고, 고난을 인내할 여유가 있는 거였다. 나는 근력이 붙어갈수록 고단한 세상사를 버텨낼 마음의 용적이 늘어나는 것이 신통했다. 광배근이나 이두박근뿐 아니라 마음에도 근육이 붙는 것 같았다. 운동이 이렇게 좋은 것이었구나. 운동과는 만리장성을 쌓고 지내던 내 입에서 운동 예찬론이 나올 줄은 생각도 못했네.

이처럼 운동의 효과를 체감하며 주변인들에게 운동하라는 말을 곧잘 하게 되었다. 말하면서 나도 웃긴다. 동물이라는 단어의 '동'이 움직일 동動이라는데, 지난 세월 나는 동물이 아닌 정물로 살아왔기 때문이다. 그런 내가 운동을 권하고 있다니! 물론 그렇다고 내가 운동 자체를 사랑하게 된 것은 아니다. 만 2년째 같은 트레이너에게 레슨을 받고 있는데 운동이 잡힌 날은 출근길, 가방에 운동복을 찔러넣으며 맨틀까지 가닿을 한숨을 쉬곤 한다. 퇴근 후 PT 스튜디오로 향하는 나의 얼굴은 숫제 도살장에 끌려가는 소 같다.

그럼에도 매번 새로이 등록 시기가 오면 심장이 금즉한 큰 금액임에도 떨리는 손으로 카드를 내밀곤 한다. 나의 그릇된 육신에 운동은 진정 필요한 것이기 때문이다. 겨우 돋아난 건강의 새싹을 시들게 하고 싶지 않기 때문이다. 다른 운동으로 바꾸지 않고 계속 이런 고가의 운동을 하는 이유도 명확하다. 나는 돈이 걸려 있지 않으면 운동을 할 위인이 아니므로. 그렇게 가기 싫어 인상을 구기면서도 꾸역꾸역 운동을 하러 가는 이유는 오직 피 같은 나의 돈이 걸려 있기 때문이다. 특히나 나와 같은 의지박약인들은 돈의 코뚜레를 장착하는 것이 좋다. 캔슬하면 강습비가 날아가므로, 우엉우엉 울면서도 고난의 트랙에 오르는 자신을 발견하게 될 것이다. 트레이너가 "오늘은 여기까지만 해요?" 하고 넌지시 떠봐도 본전 생각이 나 "아닙니다, 더 할 수 있습니다" 하는 자신을 발견하게 될 것이다.

나는 감히 말한다. 건강은 돈으로 살 수 없다고? 아니, 살 수도 있다.

나이가 들수록 건강에 신경을 안 쓸래야
안 쓸 수가 없다

실제로 좋지 못한 사인들이 몸에 나타나기도 하고

주변에서 흉흉한 소식도 곧잘 들리고

심지어 문상을 갈 일마저 잦아진다

생로병사에서 로, 병, 사가
스멀스멀 존재감을 드러내고 있다

반려생물

이 집에 살고 있는 생물들을
생명력이 강한 순서대로 소개한다.

1위는 물도 볕도 없는 냉장고 야채칸에서
20센티나 싹이 자란 양파.
놈들은 어디서도 생존 가능한 야채계의 울버린이다.

2위는 닦아내고 닦아내고 또 닦아내도
집요하게 생겨나는 욕실의 곰팡이.
놈들은 머리를 베도 베도 살아나는 미생물계의 히드라다.

3위는 과일을 이틀만 실온에 둬도
어디선가 출몰하는 초파리떼.
놈들은 어디든 침투 가능한 벌레계의 특수부대다.

꼴찌는 과민성 대장염과 비염,
역류성 식도염을 달고 사는 나.
이놈이 이 집의 주인처럼 보이지만 실상은 최약체다.

독거인의
이정표

나는 삼십대 중반이다. 일반적으로 '혼기'라 일컫는 시기는 이미 꽉 채워 흘러넘치기 시작한 나이다. 주변을 둘러봐도 대부분 내 또래인데 그럼에도 결혼한 친구는 많지 않다. 사회 통념상 어느 정도의 나이가 되면 짝을 찾아 결혼하는 것이 일반적이니, 이 정도 나이대 친구들 무리라면 거의 다 결혼하고 두엇 정도만 독신으로 남아 있는 것이 보통이지 싶다. 그런데 희한하게도 내 주변은 그와 반대다. 대부분 독신이고 기혼자가 두엇뿐이다. 특히 가까이 지내는 단짝 친구들은 한 명 빼고 모두 싱글 레이디다. 모두 결혼에 딱히 의지가 있지도 않다. 성향이 비슷한 사람들끼리 모인 건지, 모이다보니 성향이 비슷해진 건지……. 아무튼 우리는 모두 독신의 삶에 큰 불만도 없고, 일군의 커뮤니티를 이루며 지금의 상태에 만족하며 살고 있다.

그런데 몇 달 전의 일이다. 한 친구가 인터넷 모 사이트에서 사주팔자를 보고 오더니 결과가 참으로 신통했다고 우리에게도 한번 보는 것이 어떠냐고 권했다. 단돈 만 원만 입금하고 생년월일시와 간단한 프로필만 써넣으면 기가 막히게 사주를 봐준단다. 사실 사주 봐주는 곳이야 쎄고 쎘지만 이곳을 추천하는 이유는 사주를 봐주시는 분의 세계관이 다소 전복적(?)이기 때문이라고 했다. 무엇이 전복적인고 하니 결혼과 관련된 부분이 그랬다.

친구의 추천으로 우리들은 우르르 몰려가 사주를 보고 결과를 공유했는데 사주 봐주시는 분은 우리 대다수에게 결혼을 권하지 않았다. 나에게도 '사주가 맑고 고고해 지지고 볶는 결혼생활과는 어울리지 않는다'는 근사한(?) 말씀을 해주셨다. 누군가에겐 '자기 세계가 또렷해 굳이 남과 엮이지 않아도 잘 살 운명'이라며 결혼을 만류, 또 누군가에겐 '자기희생적이고 다 퍼줄 스타일이라 아주 좋은 남자가 아니라면 혼자가 낫다'고 하셨다. 이런 비혼 권장 사주풀이라니! 그분께서는 우리 대다수에게 결혼을 추천하지 않았지만 그럼에도 굳이 결혼을 해야겠다면, 결혼수가 든 해를 알려주겠다며 나이를 짚어주셨다. 우리의 예상 결혼 연령은 마흔에서 쉰까지 다양했다. (모두 마흔 살 이후로 느지막하게 점지해주신 것이 웃겼다.)

이런 식의 사주 해석은 처음이라 재미있었다. 아무래도 사주풀이엔 사주 보는 사람의 세계관이 깊이 개입되지 싶다. 궁합의 예를 들자면, 남자 쪽의 기운이 약하고 여자 쪽이 기운이 세다면 누군가는 구시대적 감수성으로 '둘이 맞지 않는다'라거나, '남자가 기를 못 펴고 살 것이다'라고 하겠지만 누군가는 현대적인 세계관으로 '서로 보완해서 좋다'고 할 수도 있을 것이다. 이처럼 사주는 이를 해석하는 사람의 관점이 중요할진대 우리의 사주를 봐주신 분은 '인생에 결혼이 딱히 필요하지 않다'는 관점을 가진 것 같았다. 그렇지 않고서야 어쩜 이렇게 모두에게 '어지간하면 혼자 살아라'고 하셨을까.

"야, 근데 사주 보고 나니 되게 마음 편해지지 않냐?"
"어, 뭔가 걱정이 사라지더라!"
"너도 그랬어? 나도!"

재미있게도 우리 모두의 공통된 정서는 일종의 불안 해소, 즉 안심이었다. 적어도 나는 그랬다. 독신자로 살아가며 나는 스스로의 삶에 만족하고 있었다. 모두들 '어서 결혼을 해서 안정을 찾으라'고들 말하지만 나는 이미 혼자서도 안정적인데 왜 다른 안정을 찾아야 하는지 필요를 못 느낀다고 생각해왔다. 그렇게 나는 잘 살고 있다고, 나는 아무 문제 없다고 되뇌면서도 별수없이 마음 깊은 곳에 도사리는 한 조각 불안은 어쩌지 못했다. 대체 무엇이 정상이고 무엇이 비정상인지, 무엇이 일반적이고 무엇이 비일반적인지 알 수는 없었지만 '다수가 선택하는 것'을 보통 정상으로 보고 일반적이라고 친다면 결혼이 그쪽, 비혼은 그 반대쪽이었다. 다수보다는 소수가 걷는 길, 용기가 필요한 길, 자기 확신이 필요한 길이었다.

하지만 나는 용기 있는 사람도 아니고 모험가도 선각자도 아니었다. 잔걱정과 비관적 망상만 일삼는 소심인이었다. 그저 남들처럼 학교 다니고, 남들처럼 졸업하고, 남들처럼 취업하고, 남들처럼, 남들처럼, 남들처럼 살아왔고 그게 편한 사람이다. 새로운 길을 개척하는 삶, 남들이 걷지 않은 길로 들어서는 삶은 솔직히 무서웠다. 하지만 태어나 처음 마주한, '남들처럼'에 위배되는 이 욕망, 당장 결혼하고 싶진 않다는 욕망에 스스로 당황한 상태였다. 이 마음은 뭐지? 난 시의적절하게 고등학생에서 대학생으로, 대학생에서 직장인으로 갈아타며 살아왔는데. 보통들 적기라 생각하는 나이를 지나친 적이 없는데. 왜 지금은 다음 스텝을 마냥 유보하고만 싶은 거지? 왜 그냥 이 상태에 고착되고 싶은 거지? 그렇기에 지금 이 욕망에 대한 일말의 불안감이 있었다. 나 이렇게 살아도 괜찮은 걸까? 지금은 괜찮아도 앞으로도 쭉 괜찮을 수 있을까? 실제 불안감과 불안해야 할 것 같은 불안감. 먼 훗날 후회하지 않을까 하고 미래의 불안까지 현재로 끌고 오는, 시간을 달리는 이 불안감.

그렇게 막연한 불안감에 시달리는 가운데 오히려 누군가가 '넌 결혼 안 해도 될 팔자' 하고 도장을 찍어주니 뭔가 개운했다. 사주의 과학성이나 신뢰도는 접어두자. 그냥 누군가 나에게 '너처럼 사는 법도 있어. 그게 네 운명일 수도 있어'라고 말해주니 마음이 놓였다는 이야기다. '지금 너는 주어진 운명을 외면하고 있는 게 아냐. 외면하는 게 네 운명인 거야' 하고 말해준 것 같았다.

그뿐인가? 거기에 '그럼에도 만약 다시 주류에 편입되고 싶다면 마흔몇 살에 기회는 있어' 하고 결혼 시점까지 짚어준 것은 특별 보너스였다. 아직 유예기간이 남았고 그 시간은 넉넉했기 때문에 먼 훗날 혹여 내 마음이 바뀌어도 그때 짝을 찾으면 된다는 안심이 들었다. 아마 내 동무들도 나와 비슷한 생각들이었나보다. 이처럼 모두 마음의 안정을 공유한 것을 보면.

내가 이 사주 결과를 이야기하니 곁의 많은 독신자들이 열광했다. 듣자마자 본인도 그 사이트를 알려달라고 앞다퉈 청했다. 실제로 내 주변에선 무슨 피라미드 판매 조직처럼 몇 다리 걸쳐 분포된 수많은 독거인들이 해당 사이트로 달려가 사주를 봤다. 그리고 대다수가 나와 비슷한 결과를 얻었고 나처럼 흡족해했다. 그런 모두와 마음을 나누며 생각했다. 혼자 산다는 것은, 남들이 걷지 않은 길을 간다는 것은 어쩔 수 없이 불안한 일이구나. 저 당당한 선배도, 저 단단한 친구도 마음에 일렁이는 불안정성을 감내하고 있구나. 바로 나처럼 말이다.

혼자 사는 우리는 이렇게 함께 휘청거리며, 불안을 연대하며 살아가고 있다. 그렇게 흔들리는 와중에 마음을 의탁할 곳을 꿈꾸며, 함께 안정을 도모하며 이렇게 살아가고 있다. 모두들 이미 다 자란 어른이고 스스로의 삶을 훌륭히 책임지고 있지만 그럼에도 마음의 이정표가 필요했던 것 같다. '걱정하지 마. 너 맞게 살아가고 있어. 그게 네 운명일지도 몰라' 하는 확인 도장을 받고 싶었던 것 같다. 그것이 신빙성이라고는 하나도 증명되지 않은, 인터넷으로 보는 만 원짜리 사주풀이일지언정 말이다.

*

이 글을 읽은 많은 사람들이 '대체 그 사이트가 어디냐!'고 생각할 것 같다. 나 역시 운만 떼고 아무 정보도 주지 않는 얌체가 되고 싶지 않아 시원스레 공개하고 싶은데 해당 사이트는 근자에 사주 서비스를 접고 타로 점만 보는 방식으로 바뀌었다. 우리의 비혼 멘토(?)는 어디로 가셨는지 도무지 알 길이 없다. 덕분에 내 주변 일군의 독거인들도 마음의 이정표를 잃었다. 참으로 안타까운 일이다.

요즘 동년배들이 상당히 많이 결혼했다

가깝게 여기던 또래 블로거들도
저마다 인생의 전환점을 맞이하고 있다

나는 기본적으로 이렇게 생각하기에
비혼 상태가 초조한 건 아닌데

인생이라는 놈이 「그래서 너의 삶의 방향은 어찌될 건데?」
하고 대답을 다그치는 기분만은 피할 수 없군

천사보다
전사

외출하려고 집을 나서는 길이었다. 여느 건물이 그렇듯 우리 빌라도 1층에 우편함이 있다. 막 우편배달부가 다녀갔는지 칸칸이 우편물이 빼곡했다. 나의 우편함에도 어김없이 공과금 고지서 두어 장과 카드사에서 날아온 봉투 따위가 꽂혀 있었다. 다 챙겨 나갈까 하다가 어차피 당장 보지도 않을 거 이따 귀가하며 갖고 들어가야지, 생각하며 길을 나섰다. 그렇게 밖에서 시간을 보내고 저녁 무렵 집으로 돌아왔다. 그런데 응당 꽂혀 있어야 할 내 우편물이 감쪽같이 사라졌다. 다른 집 우편물들은 거의 제자리에 있는데 내 것만 신기루처럼 사라졌다.

나의 우편물은 어디로 사라진 걸까? 기분이 이상했다. 불과 너덧 시간 전에 분명 확인한 나의 문서들이 애초 존재하지 않았던 것처럼 말끔히 사라졌다. 우편함 앞에 우뚝 서서 이게 무슨 일인지 잠시간 생각했다. 내 기억이 조작된 걸까? 아닌데, 분명 확인하고 갔는데. 누군가 실수로 가져간 걸까? 그래, 그럴 수도 있어. 옆집 혹은 윗집 사람이 실수로 챙겨 갔을 거야. 딱히 중요한 문서들도 아니었잖아? 이게 뭐 대수로운 일이라고. 깊이 생각하지 말자.

그런데 문제는 그런 일이 한 차례 더 있었다는 사실이다. 아침에 급히 출근하며 퇴근길에 챙겨 가야지, 하고 두고 간 우편물이 또 한번 사라졌다. 다른 집 우편물들은 고스란히 그대로 있었는데 오직 내 우편함만 텅 비었다. 두번째 그런 일을 겪자 불안감이 엄습했다. 이 사태를 어떻게 받아들여야 하는 걸까. 그 수위를 알 수가 없었다. 얕게 생각하자면 다른 귀중품도 아니고 고작 고지서 따위가 없어진 것은 별일도 아니었다. 경찰에 신고하기는커녕 누군가에게 하소연하기도 우스운 레벨이었다.

하지만 망상을 두 스푼쯤 보태 생각하자면, 나에게 스토커가 붙었는지도 모를 일이었다. 여자 혼자 사는 집을 타깃으로 삼고 나의 우편물을 훔쳐 내 일상을 관음하고 있는 것 아닐까. 대체 왜 나의 우편물만 도둑맞는 걸까. 맑은 물에 잉크를 푼 듯 불안감이 뭉게뭉게 피어올라 온 마음을 잿빛으로 물들였지만 딱히 대응책은 없었다. 앞으로 우편물은 바로바로 챙겨 가야겠다, 하고 다짐하는 수밖에. 이것이 만약 내가 상상하는 최악의 사태—범죄의 타깃이 되었다거나—라면 그리 대단한 대응책이 되지도 못할 테지만 다른 뾰족한 수도 없었다. 경계수위를 높이긴 해야겠지만, 일상을 살아가야 할 나의 정신건강을 위해 '우연일 거야. 아니면 누군가의 연속된 실수일 거야라고 생각하는 수밖에.

1인 가구, 특히 여성 1인 가구에는 이런 종류의 위협이 수시로 닥쳐온다. 내 친구에게 벌어진 일에 비교하자면 나의 사례는 순한 맛 레벨이었다. 친구는 복도식 아파트 맨 끝 호수에 혼자 살고 있었다. 복도에 아이들 자전거 따위가 즐비하고, 여름날이면 현관문을 열어두는 집도 왕왕 있는 이 나라의 흔하디흔한 아파트였다. 하루는 친구가 밤늦은 시간 거실에 앉아 휴대폰 게임을 하고 있었는데 현관 쪽에서 수상한 소리가 들렸단다. 고개를 돌려 현관 쪽을 바라보니 문 아래쪽 우유 투입구에서 사람 손이 쑥 들어와 허공을 휘적거리고 있었다고 한다. 나는 이 모습을 실제로 본 것도 아니고 이야기로 전해 들었을 뿐인데도, 그 광경이 머릿속에 선명히 각인됐다. 문밖에서 뻗쳐 들어온 허연 손, 어둠 속에서 내 세계를 휘젓는 낯선 손. 친구는 너무 놀라 처음엔 목소리가 안 나왔는데 아득해져가는 정신줄을 초인적인 의지로 붙잡고 "누구세요?" 하고 물으니 손이 쑥 사라지고는 탁탁탁 멀어지는 발자국 소리가 났다고 한다. 한참을 겁에 질려 문을 열어보지도 못하고 공포에 떨다 겨우 용기를 내 경비실을 찾아갔는데 반응은 시큰둥했다. "에이, 누군가 장난쳤겠지요. 우유 투입구 요즘 다 막아두는데 아직도 처리 안 하셨어요?"라는 말만 돌아왔다. CCTV라도 보여달라고 하니, 카메라는 엘리베이터에만 설치되어 있어서 계단으로 올라온 사람이라면 확인해봤자라고 했단다. 그래도 보여달라 간청하니, 하필 고장이 나서 녹화된 게 없다는 딴청이 돌아왔다고.

결국 아무 단서도 얻을 수 없었고 친구가 할 수 있는 일은 몇 가지 되지 않았다. 우유 투입구를 틀어막고 한동안 늦게 다니지 않는 수밖에. 그와 동시에 불안에 잡아먹히지 않기 위해, 말도 안 되는 이유라도 만들어내야 했고 그럴 수도 있다고 믿어야 했다. 어떤 누군가 우유 투입구 아래 열쇠를 두고 살았을 수도 있어. 열쇠를 자주 잃어버리기 때문에 거기 비상용을 하나 두고 사는 거야. 그날따라 술에 많이 취해 그 사람은 열쇠를 잃어버렸고, 자기 집도 착각한 거야. 그래서 그런 일이 일어난 것이 아닐까? 쓰면서도 기가 막힌 시나리오지만, 이렇게라도 생각해야 살 용기가 나는데 어쩔 것인가. 벌벌 떨며 불안의 숙주가 되어 일상을 망칠 수는 없는 노릇 아닌가.

혼자 살기 시작하고, 주변에 혼자 사는 여인들이 늘어나기 시작하며 이런 류의 일들에 대해 자주 듣는다. 깊은 밤 누군가 내 집의 번호 키를 또또또 눌러보고 사라지더라. 귀갓길 수상한 사람이 집 근처를 서성거리길래 집에 들어가 커튼에 숨어 내다보니 아직도 내 집을 빤히 올려다보고 있더라. 퇴근해서 집으로 들어서는데 머리 위에서 담배꽁초가 휙 날아와 위를 보니 옆집 남자가 빤히 내려다보고 있더라…… 기타 등등. 이 모든 일들이 인터넷 게시판에서 본 공포 사연이 아니라, 내 선배, 내 친구, 내 회사 동료에게서 직접 들은 이야기들이다. 그런 일들을 직접 겪거나 간접 체험하면 공포와 더불어 애통함이 밀려든다.

하나의 집을 어떤 부족이 지키는 영토라고 생각하면 독거인의 영토는 당연히 가장 침범하기 수월한 '약한 땅'일 것이다. 그중에서도 여성 1인 가구는 힘의 위계 중 최하위일지도 모른다. 나의 영토가 지구상에서 가장 취약한 공간이라니, 어찌 슬프지 않을 수가 있단 말인가. 할 수 있는 방법이라곤 이 집이 여성 1인 가구라는 사실을 들키지 않는 수밖에 없는데. 폭염에도 창문을 꼭꼭 걸어 잠그고, 택배도 배달음식도 어지간하면 시키지 않고, 여자옷이 즐비한 빨래조차 밖에서 볼까 겁내며 널어야 하는데.

그토록 조심하고 살아감에도 불구하고 혼자 사는 여성은 종종 위험에 노출된다. 나의 경우처럼 우편물을 도둑맞는 일은 저 아래 레벨이다. 속옷을 도둑맞기도 하고, 낯선 사람이 침입을 시도하기도 한다. 이런 류의 위협에 시달릴 때 많은 경우 '불안해서 어찌 살아. 이사 가'라고 말한다. 하지만 이사가 쉬운가? 새로 집을 구해야 하고, 내 집에 들어올 사람도 구해야 하고, 이사비와 복비도 들여야 하고, 실제로 이사도 해야 하고, 이미 공포감에 정신적으로 탈진한 사람에게 어마어마한 스트레스다. 하지만 다들 이사를 권하는 이유도 안다. 이 모든 힘듦을 감수하고서라도 목숨만은 지켜야 하니까. 더 큰 문제가 닥치고 나서는 후회해도 늦으니까. 사실 이사 가는 것만큼 확실한 방법도 없을 것이다. 물론 진짜 광인이 들러붙었을 경우엔 이사가 해결책이 되지도 못하지만 말이다!
여기까지 생각이 미치면 내내 시달리던 공포만한 크기로, 아니 그 두 배로 분노가 치민다. 대체 왜 피해자가 피해야 하는 거지.

여기는 동물의 왕국도 아닌데, 단지 물리력이 약하다는 이유로 왜 이런 고통을 받으며 살아야 하는 거지. 나는 자립을 택했을 뿐인데, '그러게 부모님 품에서 살다 얌전히 시집이나 가지 왜 집 나와서 혼자 그 고생이야'라는 말을 들어야 하는 거지. 때로는 너무나 지쳐 스스로도 '내가 왜 혼자 살기 시작했을까' 하고 후회하게 되는 거지.

한때는 이것이 내가 독립하고 손에 넣은 자유의 반대급부라 생각했다. 난 나만의 공간과 자유를 얻은 대신 그를 지키기 위한 스트레스와 불안을 얻은 거라 생각했다. 하지만 그런 반대급부는 왜 여성만 가져야 하는 걸까. 물론 혼자 사는 남성도 많은 삶의 위협을 느끼겠지만, 여성의 그것과는 그 무게가 다를 것이다. 나에게 남성의 물리력이 있었다면 그 숱한 불안, 공포, 생명 위협까지 획득하지 않아도 됐을 텐데. 그저 다디단 자유의 과실만 누려도 됐을 텐데.

이 모든 생각의 널을 뛰다보면 결국 단 하나의 결론에 다다른다. 결국 이 공간을 지킬 사람은 나뿐이라는 생각. 나는 내 생명을, 내 영토를 지킬 나만의 전사인 것이다. 공포에 굴복해 스스로 정한 삶의 노선을 바꿀 생각은 없으니 나는 차라리 전사가 되어야겠다. 내 세계를 침범하는 자는 미친개가 되어 발광하며 물어뜯는 수밖에 없다.

술래 없는
술래잡기

쫓는 사람도 없는데 쫓기면서 산다. 회사에 있으면 언제나 마음 한구석이 긴장되어 있고 늘 뭔가 사건이 터질 것 같은 불안감이 있다. '홍카피' 하고 누군가 나를 부르기만 해도 마음이 울렁거리고, 클라이언트와 미팅을 할 때면 누가 나에게 폭탄을 던질지 몰라 계속 마른입에 물을 축이며 다리를 떨게 된다.

이렇게 마음이 졸아붙은 상태로 하루를 보내다보니 퇴근을 해도 친구를 만나도 한참은 일렁이는 마음이 도시 진정되지 않는다. 이제 업무는 끝났는데, 나는 이만 쉬어도 좋은데, 내 멱살을 어떤 비정한 손이 콱 움켜쥐고 있는 것 같다. 때로는 휴대폰 진동음에도 소스라치고, 어떤 날엔 자려고 누웠는데도 여전히 마음이 동당거린다. 100미터 달리기를 막 끝낸 사람처럼 날마다 마음이 가쁘다.

이렇게 산란한 마음에 잘 듣는 그런 약 어디 없을까. 이따금 그런 상상을 한다. 바늘 뭉치같이 뾰족한 고통을 무디게 하는 진통제처럼, 이 곤두선 신경을 무디게 하는 그런 약 어디 없을까. 뱃속을 꽉 틀어막은 체기를 내리는 소화제처럼, 단단히 얽힌 마음의 매듭을 부드럽게 풀어주는 그런 약 어디 없을까. 상처에 새살을 돋게 하는 연고처럼, 해지기 직전의 정신에 새살을 돋게 하는 그런 약 어디 없을까.

사람들은 몸이 허약할 때 영양제를 먹고, 피곤할 때 강장제를 먹는다. 연약한 마음에도 잘 듣는 영양제나 불안한 마음을 강하게 하는 강장제는 왜 없는 걸까. 왜 몸에는 그 많은 상비약이 있는데 마음의 상비약은 아무것도 없는 걸까. 산란한 마음을 다독이고, 없던 기운을 샘솟게 할 만한 물질은 아직까지 맥주 한 잔밖에 찾지 못했음이다.

통곡

세상 모든 아기는 통곡한다.
세상 모든 어른은 몰래 운다.

웃음은 과감해도 좋지만
울음은 인내해야 옳다.

우리가 목놓아 울 수 있는 공간은 희박하고
울음 끝에 붉어진 눈자위와 두툼해진 눈꺼풀,
갈라진 목소리를 감추는 것도 쉽지 않은 일.

나는 찾아올 사람 하나 없는
빈집에 들어서서야 비로소 큰 소리로 운다.
영혼의 댐을 방류한다.

인생 고지서

"독립하면 생활비 많이 들지 않아요?"라는 질문을 이따금 듣는다. 물론 부모님 살림에 묻어 살 적보다 돈이 곱절 많이 든다. 이는 집단생활의 안온함을 떠나 세상과 홀몸으로 마주하며 얻게 된 온갖 새로운 경험들의 대가라고 생각하지만 말이다. 이 지면을 빌려 혼자 살림을 꾸려나가며 필수적으로 나가는 돈들, 또는 필수는 아니나 내가 군이 지출하는 돈들, 그 각각의 항목에 대해 이야기해 본다.

전기세 : 공과금 하면 가장 먼저 떠오르는 항목. 그렇지만 1인 가정의 경우 천문학적 금액까지 나오진 않아서 큰 부담은 없다. 전기세는 누진세가 붙을수록 부담이 커지기 마련인데 독거인은 그 레벨까지 가지 않기 때문이라고 들었다. 이따금 외출했다 돌아

왔는데 욕실 환풍기나 선풍기가 켜져 있어 심장이 방바닥에 쿵 떨어지곤 했지만 전기세 폭탄을 맞았다거나 하는 일은 없었다. 한겨울 전기장판을 밤새 켜고 자도, 한여름 에어컨을 시원하게 틀어도 걱정했던 전기세 폭탄은 터지지 않더라. 터져봐야 전기세 폭죽 정도……? 그러니 독거인들이여, 겨울날의 혹한이나, 여름날 폭염을 악으로 깡으로 버티지 말고 전기는 적당히 쓰며 살지어다. 욕실이 너무 습하면 곰팡이 농장을 차리지 말고 환풍기 정도는 돌릴지어다. 밤에 너무 무서우면 무드등 정도는 켜고 잘지어다.

수도세 : 이 역시 1인 가정에서 부담되는 금액은 아니다. 나의 첫 집은 수도 계량기가 집집마다 따로 있지 않아 건물 수도세를 전 가구가 공동 부담하는 시스템이었다. 그래서 집집마다 매달 만 원씩 의무로 냈다. 보통 이 정도 내는가보다 하고 큰 불만은 없었는데 새로 이사 간 집에서 개별적으로 수도세를 내고 나서 내가 지난 몇 년간 바가지를 썼다는 사실을 알게 됐다. 새집에선 아침저녁으로 썼고, 이따금 설거지를 하고, 세탁기를 돌리는 등 평범한 양의 물을 썼는데 두 달에 만 원이 채 안 나왔다. 이전 집에서 3년가량 살며 20만 원 가까이 더 낸 것 아닌가! 장한 호구로다. 아랫집 신혼부부 아기 목욕물까지 지원한 나 자신이여. 아무튼 수도세도 독거인의 살림에 있어서 크게 부담되는 금액은 아니니 너무 스트레스 받지 말 것. 다만 집 어딘가에서 똑똑 수상한 물방울 소리가 들리면 주의를 기울이자. 별것 아닌 것 같아 보여도 이런 누수 때

문에 수도세 폭탄을 맞기도 하니 바로바로 고치는 것이 좋다.

　가스비 : 날이 추워지면 자취생을 근심하게 하는 금액 1순위. 여름과 겨울의 차이가 어마어마하다. 나의 경우 집에서 요리를 거의 하지 않아 한여름엔 3천 원까지도 기록해봤다. 한겨울엔 난방에 힘쓰느라 10만 원 넘게 내곤 하지만. 세상 모든 자취인들이 겨울 난방비를 아끼기 위해 문풍지를 두르고, 단열 시트를 붙이고, 난방 텐트를 치고, 전기장판을 켜고 별별 수를 다 쓰곤 한다. 나역시 처음 맞이한 겨울, 가스비 절약에 총력을 기울였다. 그렇게 아끼고 아껴 한 달 내내 언 발로 살았는데도 10만 원 남짓한 성적표를 받아들었다. 집에 웃풍이 심해 기본 온도만 유지하는 데도 돈이 꽤 드는 모양이다. 10만 원을 내고 생각했다. 내가 돈을 버는 이유는 뭘까. 여름에 시원하게, 겨울에 따뜻하게 살기 위함이 아닐까. 그래, 그냥 따뜻하게 살자. 보일러 적당히 틀고 살자. 그렇게 너무 허리띠를 졸라매지 않고 집을 훈훈한 온도로 유지했는데도 가스비가 수십만 원 나올 것 같다는 우려와는 다르게 13만 원 정도를 기록했다. 차디찬 궁상과 훈훈한 일상의 차이는 고작 3만 원이었다. 나가서 술 한 번 덜 먹으면 채워지는 돈. 그래서 그날 이후 가스비는 아끼긴 아끼되, 인간으로서의 존엄성까지는 잃지 않으려 애쓴다. 다시 말하지만, 우리는 돈을 왜 번다? 여름에 시원하게, 겨울에 따뜻하게 살기 위함이다. 중간중간 술도 좀 마셔주고.

인터넷과 텔레비전 요금 : 관리비에 이것이 포함된 경우도 있지만 나의 경우 모두 별도였다. 이와 관련해 스팸전화를 받아본 기억, 모두 있을 것이다. '저희 아무개 텔레비전을 가입하시면 상품권 얼마를 드리고 현금 얼마를 드리고……' 업체마다 혜택이 다르다보니 선택지가 많아 어디에서 가입해야 하나 눈알이 뱅뱅 돌았던 기억이 난다. 대충 다 비슷하리라 생각하고 아무데서나 가입해서 36개월 약정인생에 발을 들였다. 텔레비전의 경우 나는 야구를 봐야 하기 때문에 스포츠 채널이 필수였다. 덕분에 매달 따박따박 적지 않은 돈을 내고 있다. 물론 약정의 노예가 된 대가로 초반에 금전적 보상을 꽤 많이 받았지만 이미 그것은 다 주머니에서 녹아없어졌다. 나는 배은망덕한 놈이라 돈 받은 기억은 휘발되었고 이제는 그저 매달 내는 금액이 부담된다는 생각만 일삼고 있다. 참고로 나는 혼자 산 지 오랜 시간이 지나 36개월 약정 기간도 지났다. 노예 해방! 이 경우 다른 주인님(통신사)을 찾아가 새 약정의 쇠고랑을 차고 보상을 받는 방법도 있겠지만 일단은 만사 귀찮아 그냥 기존의 회사를 유지하고 있다.

관리비 : 매달 집주인에게 진상하는 돈. 순전히 주인님 재량이라 0원을 내는 친구도 있고 10만 원을 내는 친구도 있다. 나는 그 중간 어디쯤. 딱히 관리해주는 것도 없으면서 과한 금액이 아닌가 싶기도 하지만 이따금 복도의 센서등이 시원치 않다가도 며칠 후 교체되어 있다거나, 현관에 전단지가 만국기처럼 붙어 있다가

도 싹 치워져 있는 것을 보며 내 돈이 저기에 쓰이는가보다, 하고 고개를 끄덕이곤 한다. 주차가 되는 건물은 주차장 관리 명목으로도 사용된다는데 무면허인 나는 억울한 감도 있지만 뭐 이런 소소한 것을 다 따져가면 어찌 살겠냐는 대인배의 마음으로 그냥 넘어간다.

휴대폰 요금 : 순수 통신비와 휴대폰 할부금까지 매달 7만 원가량을 내고 있다. 이따금 고지서에 너무 많은 금액이 찍혀 나와 '뭣이여! 이 도둑놈덜!' 하고 눈에 불을 켜고 상세 내역을 살피지만, 다 내가 한 소액결제 금액이다. 수십 개월 만에 기기 할부금을 겨우 다 갚고 나면 통신비가 다소 줄어들어 그제야 낼 만한 금액이 되는데, 그 무렵이면 새 휴대폰을 사고 싶은 욕망이 빠끔히 고개를 드는 것이 문제. 신기종이 늘씬한 자태로 나를 유혹하는 그 시기가 되면 나의 변심을 눈치채기라도 한 듯 구형 휴대폰은 시름시름 골병이 들거나, 어딘가로 투신해 스스로를 산산이 부수곤 한다.

교통비 : 직장인 최고의 경쟁력은 어쩌면 유창한 영어 실력도, 화려한 인맥도 아닌 '회사와 집이 가까운 것'일지도 모른다. 회사와 집이 가까우면 엄청난 시간과 체력을 아낄 수 있고, 이 훌륭한 자원은 우리의 취미생활이나 수면 같은 곳에 알차게 쓰여진다. 연말 송년회로 이 도시가 거대한 파티장이 되고 모든 사람이 집에

갈 방도를 잃은 상황에서도, 집이 가까우면 어떻게든 귀가할 수 있다. 나는 독립 전에 출퇴근길에만 도합 두 시간에서 세 시간쯤 소진했는데, 독립해서도 그렇게 살 수 없다는 일념으로 회사와 가까운 곳에 집을 얻었다. 그 덕분에 교통비는 대폭 줄었고, 삶의 질도 매우 높아졌다. 그러므로 나는 교통비를 많이 쓰지 않는다. 물론 나만의 경우이니 좋은 참고는 되지 못하겠지만.

생필품 구입비 : 휴지, 샴푸, 치약, 세제, 형광등, 조미료 등등 한 집을 제대로 굴러가게 하는 수많은 필수품들. 초기에 한꺼번에 구입하느라 꽤 돈이 많이 들지만 혼자 쓰면 은근히 오래 쓴다. 샴푸 한 통 비우는 데 이렇게 오래 걸리는지 처음 알았다. 하긴 전에 네 명이 쓰던 것을 혼자 쓰니 네 배 오래 쓰는 것도 당연하다. 샴푸나 치약 같은 것은 부모님 댁에 명절 선물로 들어온 것을 한두 개씩 집어오면 굳이 안 사도 된다. 요리를 잘 안 해서 그런가 쿠킹포일이나 위생장갑 같은 건 하나를 사서 몇 년째 쓰고 있다.

식비 : 가장 절약하기 난해한 부분이다. 식재료가 저렴하다는 것은 대량구매를 의미하는데 대량구매를 하면 분명 남겨 버리는 것이 생긴다. 소량을 비싸게 사서 먹을 만큼만 먹느냐, 대량을 싸게 사서 남겨 버리느냐. 이 사이에서 치밀한 수학적 계산이 필요하다. 나는 언젠가부터 쓰레기를 만드는 것이 싫어서 차라리 조금 돈을 더 지불할지언정 적게 사서 최대한 소진하는 것을 목표로 삼

게 되었다. 이따금 식비도 줄일 겸, 다이어트 의지도 불태울 겸 시리얼 한 그릇이나 삶은 고구마 따위로 식사를 해치우면 싸게 한끼 때웠다는 생각에 흡족해진다.

음원 서비스 이용료(*필수 아님) : 매달 6천 원 남짓한 돈을 음악 스트리밍 서비스에 지출한다. 물론 굳이 지출하지 않아도 되는 분야. 그렇지만 한 달 내내 자유로이 음악을 듣는 데 CD 한 장 값도 안 되는 돈이라니 크게 아깝지 않다. 아침에 일어나 경쾌한 음악을 틀어놓고 몸단장을 하고, 의욕을 고취시키는 음악과 함께 출근하고, 퇴근하고 돌아와 분위기 있는 음악과 함께 고즈넉한 시간을 보낸다. 상황에 맞는 음악을 자유롭게 듣기 위해서 수천수만의 노래들을 보유한 음원 사이트 하나쯤 이용하는 것도 나쁘지 않다. 이런저런 행사를 통해 가입하면 대폭 저렴해지기도 하는데 할인 기간이 지나면 대폭 비싸지니 요리조리 잘 갈아타든지 현명하게 이용할 것.

운동 등록비(*필수 아님) : 이 풍진세상 맨몸뚱이 하나로 버티기 위해 체력은 필수다. 독립하고 스스로를 책임지며 건강에 대한 관심도가 올라가는 것은 자연스러운 일이다. 나는 내 공간과 내 육신을 지키는 나만의 전사니까. 그런 의지로 스스로를 위해 영양제도 챙겨먹고, 운동도 하게 된다. 주변 동무들을 봐도 복싱, 합기도, 수영, 요가, 스피닝, 테니스 등등 많이들 운동에 매진하고 있다. 운동장을 뛴다거나 산을 탄다거나 딱히 등록비 없는 운동도 많지만 우리의 연약한 의지력에 비춰볼 적에 '의무'가 없는 운동을 주기적으로 하긴 쉽지 않다. 사제 관계로 속박되고, 돈 아까움의 압박을 받아야 그나마 빼먹지 않는다. 그러므로 흥미가 동하는 운동 하나쯤 돈과 의무를 걸어두는 것이 좋다.

수업 등록비(*필수 아님) : 학교를 떠나 사회생활에 진입하며 뭔가를 새로이 배운 경험이 극히 드물다. 특히 '수업'이라는 것에 꼬박꼬박 나가는 일은. 그런 내가 독립하고 수년째 시 수업을 듣고 있다. 시 수업에 대해 알아보며 이런 식의 강좌가 은근 많다는 사실을 알게 되었다. 시뿐만 아니라 소설, 시나리오 등등 글쓰기 수업도 많고, 크로키, 유화 등의 그림 수업이나 실크스크린, 가죽공예, 꽃꽂이 등등 실용적인 수업도 많더라. 가계에 큰 부담이 되지 않는 선에서 이런 강좌 하나쯤 등록해두면 새로운 세상이 열리고 인생이 참으로 풍요로워진다. 새로운 인간관계의 장도 열린다. 금액이 부담스럽다면 주민센터 프로그램 등을 잘 찾아보면 놀라울 만큼 저렴하다. 나의 경우는 한 달에 7만 원 정도 되는 금액을 수업에 지불하고 있다. 적지 않은 돈이지만 인생이 풍요로워지는 것에 비하면 전혀 아깝지 않다.

완벽하게 다 쓴 펜을 버릴 때

최후의 한 방울까지 짜내 쓴
화장품을 버릴 때

야무지게 비운 식자재의 빈 통을 버릴 때

정말 기분이 좋다

비움의 홀가분함도 있고
채움의 두근거림도 있다

이를 **완전소비의 쾌감** 이라 부르겠다

술이 시킨
일

띵한 머리로 잠에서 깼다. 거실 복판이었다. 머리맡엔 가방이 널브러져 있고 나는 외출복 차림이었다. 뒷머리에 추가 매달린 것 같은 이 묵직한 두통의 원인은 다름 아닌 숙취였다. 더듬더듬 어제의 행적을 되짚어봤다. 필경 나의 기억일진대 뿌연 필터가 덧씌워진 것 같았다. 간밤엔 시를 쓰는 친구들과 술자리가 있었다. 술을 마시며 시를 이야기하다가, 시를 마시며 술을 이야기하다가 그렇게 거나하게 취해 돌아온 거였다.

왜 술에 취하면 편한 침대를 두고 늘 바닥에서 잘까. 세상이 거대한 침대로 보이기 때문일까. 술이 북돋워준 거대한 낙관이, 세상 모든 곳이 나를 품어줄 것처럼 보이게 한 걸까. 내 친구는 술만 마시면 화장실 타일 바닥이 그렇게 눕기 쾌적해 보인다던데. 나는 변기를 껴안고 깨어나지 않은 걸 다행이라 여겨야 하는 걸까. 그렇

거나 어쨌거나 숙취와 자괴감의 쌍두마차가 다그닥다그닥 몰려왔
다. 무슨 술을 이렇게 많이 마셨담. 아니 숫제 술이 나를 마신 격
이었다. 습관처럼 휴대폰을 집어들었는데 으레 잡히던 와이파이
시그널이 안 떴다. 어라, 이게 왜 갑자기 안 잡히지? 머릿속을 스
치는 생각이 있어 무선 공유기를 바라봤다. 모든 인터넷 선이 뽑
혀 있었다! 누가? 당연히 내가 한 짓이었다.

조각난 기억의 퍼즐을 짜맞췄다. 간밤에 시에 대해 이야기하다,
요즘 나의 문장이 졸렬하고 감성이 허름하다고 푸념한 기억이 났
다. 긴 호흡의 글을 읽는 집중력도 흩어졌고, 하나의 사안에 있어
서 '남들의 의견'을 살피기 전엔 주체적인 의견도 잘 내지 못한다
고 한탄한 기억도 났다. 그리고 나는 그 이유를 인터넷 중독에서
찾았다. 비는 시간에 책을 읽거나 사색을 해야 하는데 숨쉬듯 인
터넷만 한다고. 행동과 행동 사이에 공백이 생기면 무조건 휴대폰
을 집어들거나 컴퓨터를 켠다고. 횡단보도 앞에 서 있는 그 몇 분
마저 견디지 못해 시시한 동영상을 보고, 심지어 걸어가면서도 연
예 가십을 읽고 있다고.
사실 이를 문제라 생각하는 동무들이 나 말고도 많았다. 시를
쓰는 친구들 중엔 불필요한 웹서핑을 줄이기 위해 아직도 구형 폴
더폰을 들고 다니는 이들도 왕왕 있었다. 그들을 보니 스스로를
반성하게 됐나보다. 집에서 쉴 적엔 쉼 없이 뇌를 온라인으로 해두
는 자신을 혐오하게 됐나보다. 그런 자괴감으로 집에 들어와, 이대

로는 안 되겠다는 결연한 의지로 인터넷 선을 다 뽑아버린 거였다. 시에 투신하기 위해 전파 격리를 선택한 거였다. 앞으로 이 집에서 인터넷이란 멸종했음을 선언하고.

　제정신이 돌아온 나는 생각했다. 어휴, 술이 과했군. 이 디지털 세상, 인터넷 없이 어찌 살아. 내 인터넷 중독 증상이 심각하긴 해도, 이런 식의 해결책은 아니지. 와이파이 없다고 인터넷 못하나, 뭐! 나는 더듬더듬 다시 인터넷 선을 연결했다. 간밤에 끓어올랐던, 시에 투신하기 위해 이 집을 인터넷 프리즌으로 만들겠다는 각오는 간데없다. 그건 그냥 술김이었어. 술은 참 별별 일을 다 시킨다니까. 한창 술의 사주를 받아 움직일 때는 그보다 더한 진심이 없었겠지만 말이다.

　어쩌면 시의 신은 생각했을지도 모른다. 이놈은 술에 취한 편이 더 시적인 인간이로군.

스무 고개

정해진 날마다 트레이너와 함께 근력운동을 한다. 퍼스널 트레이닝, 즉 PT라는 것을 처음 시작할 때는 운동하는 공간이 생각보다 작아서 놀랐다. 우리가 '헬스장'이라 부르는 공간은 보통 널찍하고, 육중한 머신들이 빼곡하지 않은가. 내가 운동을 하는 PT 스튜디오는 그리 크지 않은 공간에 운동기구들도 딱 필요한 만큼만 있어서 일견 소박해 보였다.

하지만 PT를 해본 사람은 모두 알 것이다. 인간을 고문하는 데 그렇게 많은 공간과 도구가 필요하지 않다는 사실. 트레이너는 이 작은 공간에서 빈 몸뚱이 하나만 가지고 사람을 극한까지 몰아넣는다. 그의 구령 한 번에 눈앞에 별이 보이고(수사적인 표현이 아니라 정말 반짝이는 빛 가루가 보인다) 근섬유의 마지막 한 가닥까지 끊어지는 것 같은 고통의 깔딱 고개가 펼쳐진다.

한 동작마다 대략 스무 번씩 하게 되는데 나의 심리는 보통 이런 식으로 전개된다. 5개까지는 할 만하다는 생각이 든다. 어떨 때는 '오? 너무 가벼운 거 아냐? 이래서 운동 되겠어?' 하는 오만한 생각마저 든다. 하지만 6~10개 정도엔 눈치채게 된다. 트레이너가 가벼운 미션을 줬을 리가 없다는 사실. 고통이 켜켜이 쌓이기 시작한다. 그러다 10개를 넘어서면 1에서 20까지 가는 이 짤막한 숫자 여행이 무한대로 늘어지는 것 같다. 10과 11 사이에 삼도천이 흐르는 것 같고 11과 12 사이에 요단 강이 흐르는 것 같다. 슬슬 표정 관리가 안 되고 악문 이 사이로 신음이 새어나온다. 내가 무엇을 위해 비싼 돈을 주고 이런 고문을 받고 있는지 반추하게 된다. 그러다 15회 언저리에서 대위기가 찾아온다. 돈이고 건강이고 나발이고 다 때려치우고 싶은 순간이 온다. 이 무렵에는 별별 이미지 트레이닝을 다 하게 된다. 이 한 개를 성공하지 못하면 끔찍한 재앙이 닥칠 거라는 말도 안 되는 가정으로 힘을 짜내기도 하고, 이 한 개를 성공하면 내가 운수대통할 거라는 되도 않은 미신적 기망을 품기도 한다. 증오가 힘을 자아낼까 싶어 평소 미웠던 사람을 떠올리며 근력을 쥐어짜기도 하고, 열망이 나를 자극할까 싶어 워너비 몸매를 떠올리며 마지막 힘을 길어올리기도 한다. 이때는 육체의 힘을 극한까지 끌어다 쓰는 상태이기 때문에 한 개 한 개가 인생 최대의 미션이 된다. '여기서 멈추면 첨부터 다시 갑니다'는 말을 들어도, 다 모르겠고 그냥 그만두고 싶은 생각만 든다. 그렇게 한 개 한 개를 버티다보면 스무 개가 끝나 있다. 그런 스무

개들을 버티다보면 운동이 끝나 있다. 내가 운동을 함에 있어서 유일하게 즐거워하는 순간인 '운동을 마친 순간'의 도래.

이 '스무 개 버티기'를 수년째 하다보니 이런 생각이 들었다. 운동뿐 아니라 인생에도 갑자기 위기가 찾아오고 불행이 겹쳐 숨이 턱턱 막힐 때가 있지 않은가. 삶을 버텨내는 것이 고개를 넘듯 힘겹고, 나는 원한 적도 없는데 왜 굳이 태어나 이런 고통을 겪나 싶은 그런 순간 말이다.

그럴 때 나는 내가 1에서 20까지 가는 여정 중 17 정도에 있나 보다, 생각한다. 운동하며 숱하게 중얼거렸던 그 말을 되뇐다. '버티다보면 끝나 있을 것이다. 버티다보면 끝나 있을 것이다. 버티다보면……' 멈추지 않는 비는 없는 것처럼 끝나지 않는 고통도 없을 테지. 이렇게 힘든 것을 보면, 거의 끝에 다다른 게 틀림없어. 이 한 개를 버티고 다음 한 개를 버티자. 버티다보면 끝나 있을 테니까. '수고하셨습니다!' 하고 박수 치고 웃는 순간이 올 테니까. 근력운동의 고통 속에서도 스무 개를 채우면 성취감이 찾아오고 내가 더 건강해지는 것처럼, 인생의 위기도 겪고 나면 모종의 단단함을 획득하게 되리라고 믿는다. 버티다보면 끝나 있을 것이다.

혼자 살지만 가끔 부모님 댁에 간다

엄마의 「조금」은 한이 없어라

전화벨

깊은 밤 느닷없이 가족에게 전화가 오면
심장이 둥둥둥 북소리를 낸다.
드드득 몸을 울리는 휴대폰의 진동이
나의 연약한 평화를 전기톱처럼 가른다.

이 밤중에 엄마가 왜?
혹시 우리집에 무슨 일이?

수화기 너머 엄마의
목소리는 나른하고
용건은 시시했다.

그제서야 나는 마음을 놓는다.
그토록 마음 졸였으면서
엄마보다 시큰둥한 목소리를 낸다.

자극 중독증

환절기마다 비염이 기승을 부린다. 영 마음에 안 들지만 내보낼 수도 없는 세입자처럼 이놈의 콧병이 내 몸에 세 들어 제가 내킬 때마다 나를 괴롭힌다. 하루는 증세가 심해 참다못해 병원을 찾았다. 병원에서는 알레르기성 비염 같다며 알레르기 항원 검사를 권했다. 알레르기 원인이 되는 물질이 뭔지 알아내는 검사라고 했다. 간호사분께서 내 양팔을 주삿바늘로 콕콕콕 수십 번 찌르고 집 진드기니 꽃가루니 하는 물질들을 종류별로 묻혔다.

"앞으로 20분간 움직이시면 안 됩니다."

그녀는 양팔을 앞으로 뻗고 벽을 보고 앉은 나를 두고 떠나갔다. 이 자세로 20분간 가만히 있으라고? 아, 휴대폰이라도 쥐고 있을걸. 휴대폰은 저쪽에 부려둔 가방 깊숙한 곳에 있었다. 하지만 조금이라도 움직이면 검사가 허투루 될까봐 옴쭉달싹할 수 없었다. 나는 인생 모범생이라 의료진의 권위에는 칼같이 복종하기 때문이다. 심지어 그 공간엔 시계조차 없었다. 누군가 다시 나를 찾아와 이 투명 수갑을 풀어줄 때까지 가늠조차 되지 않는 시간 속에서 이렇게 미동도 않고 있어야 했다.

이상한 감각이 밀려들었다. 아니 모든 감각이 밀려나갔다고 하는 편이 옳을지도 모르겠다. 그곳엔 아무런 자극도, 나를 반응하게 할 아무 사건도 없었다. 그저 흰 벽들뿐이었다. 멍하니 존재하는 것 외엔 할 일이 아무것도 없었다. 졸지에 면벽수행을 하게 된 나는 그제야 실감했다. 대체 얼마 만인가. 이렇게 인터넷도, 음악도, 텔레비전 쇼도, 게임도 그야말로 아무 자극도 정보도 없이, 그저 흰 벽만 보며 시간을 보내는 것이. 이런 명상에 가까운 시간을 보내는 것이 대체 얼마 만이란 말인가. 근 몇 달간 이런 순간이 있기는 했나? 평소의 나를 돌아보니 그랬다. 마치 자극 중독증 환자처럼 살았다. 소파에 앉아 신경질적으로 채널을 돌리는 사람처럼. 입이 비는 것을 참지 못해 쉼 없이 음식을 밀어넣는 사람처럼. 나를 조금이라도 자극시킬 뭔가를 찾아 페이지와 페이지, 장치와 장치를 넘나들며 살았다. 정신적 폭식증에 걸려 살았다.

집에서 텔레비전을 보는 나를 떠올려봤다. 나는 텔레비전을 보되 텔레비전만 보지 않았다. 형형색색 돌아가는 화면 앞에서 다른 손으로는 스마트폰을 만지고 있다. 쉼 없이 언어를 치고받고, 숨가쁘게 자막이 쏟아지는 최신 쇼 프로를 보면서도, 자극과 자극 사이의 빈틈이 견딜 수 없어 휴대폰으로는 친구와 잡담을 하거나 게임이라도 했다. 정신의 기갈이 극심할 때는 텔레비전에는 쇼 프로를 켜두고, 태블릿 PC로는 야구 중계를 켜두고, 손에는 휴대폰을 쥐고 트위터 따위를 훑어봤다. 자극의 삼중주였다.

집에서 쉴 적만 그런가? 거리를 걷는 동안에도 손바닥 안의 시시한 가십을 문질러댔고, 신호등 앞에 서서 기다리는 짧은 순간조차 남들의 네모난 삶을 휙휙 넘겼다. 이 증상은 잠들기 직전까지 이어졌다. 나는 침대에 누워서 눈을 감기 직전까지 스마트폰만 붙들고 있었다. 5분 전에 다 읽은 게시판을 계속 새로고침 해댔다. 마치 자극이 끊기면 헐떡거리다 죽을 것처럼. 자극과 자극 사이의 찰나를 비집고 공허감이 훅 치밀어오를까봐.

이렇게 정신이 각성 상태에 빠져 있으면 사실 책을 읽어도 눈에 잘 안 들어오고 글도 잘 써지지 않았다. 특히 시는 단 한 줄도 쓸 수가 없었다. 시가 깃들기에 내 마음은 너무 바빴다. 하지만 빗발치는 자극에도 무엇 하나 마음에 고이지 않았다. 빠르게 차창 밖으로 지나가는 네온사인들처럼 모든 자극이 내 얼굴을 형광빛으로 물들였다 그저 스쳐지나갔을 뿐이었다. 양팔에 알레르기 물질을 잔뜩 묻힌 채 실로 오랜만에 빈손으로 20분을 멍하니 보내고 알았다. 내가 그토록 두려워했던 그 '아무것도 없음'은 무엇일까. 나는 무엇이 그리도 초조해 자극과 자극을 넘뛰며 살았을까.

시간은 조급한 나를 배려하지 않고 본래 페이스대로 차곡차곡 흘렀다. 고작 20분간 휴대폰과 유리되어 있어놓고 금단증상이라고까지 하긴 뭐하지만, 지루함과 갑갑증, 초조함과 안달병 같은 여러 기분이 찾아들었다.

그러다 마침내 20분이 지났다. 내 팔은 아무 알레르기 항원에도 반응하지 않았다. 내가 알레르기성 비염이라 확신했던 의사 선생님은 내 밋밋한 팔뚝을 보고 고개를 갸웃했다. 아무 원인을 찾지 못해 무의미하게 끝난 검사였다. 하지만 이 검사는 나에게 알레르기 검사가 아니라 자극 중독증 검사에 가까웠다. 이 검사로 나의 한 가지 증상은 확실히 알게 되었다. 나는 강박적으로 자극을 찾아 헤매던 정신의 기갈증 환자였다. 아무것도 없는 시간엔 그 아무것도 없음이 무서워 아무거라도 집어삼키는 사람이었다. 자극의 빈틈 사이에 공허감이 치밀어오를까봐 끝없이 자극을 주입하며 스스로를 마취시키는 그런 사람이었다.

나의 결심 중 하나는

화면 멍 줄이기

이것이 무슨 뜻인고 하면, 나를 돌아보니
화면을 보며 멍~하니 있는 경우가 너무 많은 거다

그리고 그 대부분은 '볼게 있어서'가 아니라
'볼걸 찾아서' 맴도는 시간들…

그래서 올해는 내가 뭔가 화면을 보며
멍~하니 뇌를 비우고 있다는 생각이 들면

모든 걸 과감히 멈추고 책상에 앉기로 했다

멍하니 있더라도 화면 멍~보다는
책상 멍~이 낫다는 게 내 결론이다

혼자의
기술

RPG게임을 해본 사람이라면 경험한 적이 있을 것이다. 특정한 기술 하나를 쓸 줄 알게 되면서 천지가 개벽하듯 전혀 다른 게임을 마주하게 된 듯한 기분. 그 기술로 하여금 갑자기 나의 레벨이 훅 올라가고, 갈 수 있는 맵이 확 넓어지는 대사건. 말하자면 그런 것이다. 백날 다리로만 돌격하던 캐릭터가 갑자기 하늘은 나는 기술을 획득하면 어떻게 되겠는가. 평소 걸음을 멈추던 절벽 끝에서도 주저 없이 펄쩍 뛰어올라 가본 적 없던 세계로 떠날 수도 있을 것이고, 땅바닥에 납작 붙어서는 결코 이길 수 없을 것만 같았던 거대한 보스몹도 저 하늘을 날아올라 때려잡을 수 있을 것이다.

　스스로를 그런 RPG게임 캐릭터라고 가정할 때, 나 역시도 어느 순간 하나의 기술을 획득하여 일상의 레벨을 한층 높이고 인생의 맵을 대폭 넓혔다. 그 기술이 무엇인고 하니 다름 아닌 '혼자의 기술'이다. 무엇이든 혼자서 할 수 있는 기술. 동행도 없고 패거리도 없는 외톨이임에도 무엇 하나 두렵지 않은 마음의 자세. 평소 타인에게 분산투자하던 에너지를 스스로에게 오롯이 투여하며 자신을 풍요롭게 만드는 방법. 바로 그것이 혼자의 기술이다.

밥을 먹거나, 차를 마시거나, 술잔을 기울이거나, 영화를 보거나, 전시에 가거나, 쇼핑을 하거나, 여행을 떠나는 행동들. 나 역시도 예전엔 동행이 없이는 도저히 무리라고 생각했던 행위들이다. 특히나 단체생활의 일원으로만 키워진 중학생, 고등학생 시절엔 감히 꿈도 꾸지 못했다. 그때만 해도 조금만 무리에서 벗어나 외톨이 행동을 해도 '왕따 같다'는 놀림을 피할 수 없었다. 다 같이 우르르 음악실로 향하는 길 어쩌다 뒤로 쳐져 혼자 걸어가도 누군가 까르르 웃으며 "야, 홍인혜 왕따 같지 않냐?" 하고 놀렸다. 입에 올리는 것만으로도 소름이 끼치고, 내가 그 비슷한 존재라도 될까봐 밤잠을 설치게 하는 바로 그 '왕따' 말이다. 그런 놀림을 받으면 난 과장되게 웃으며 발걸음을 재게 놀려 무리에 합류했다.

따돌림을 당하는 것은 어떤 상황에서도 두렵기 때문에 친구들의 무리는 둘 또는 넷 같은 짝수가 좋았다. 어쩌다 홀수의 패거리가 형성되어 봄소풍이나 수학여행이라도 가게 된다면 고속버스에서 혼자 앉게 된 한 명, 롤러코스터 맨 뒷줄에 혼자 앉게 된 한 명은 여행 말미에 꼭 와앙 울음을 터뜨렸다. 어쩌면 그때 나의 뇌리에 선명히 학습된 걸지도 몰랐다. 혼자는 저렇게 두려운 것이구

나. 모두의 동정을 사게 되는 것이구나. 결국 눈물을 터뜨리게 되는 것이구나.

그렇게 외톨이 포비아가 되어 성년을 맞이한 나는 어른이 되었음에도 뭐 하나 변변히 혼자 할 수 없는 사람이 되었다. 학교에서 직장으로 단체생활의 장만을 바꾼 채 똑같이 살고 있었다. 영화관에 어떻게 혼자 가? 쇼핑을 어떻게 혼자 다녀? 술을 어떻게 혼자 마셔?

혼자의 레벨에 있어서 저 밑바닥에 있던 나는 그러던 어느 날 돌연 회사를 그만두고 런던으로 홀로 떠나게 된다. 그것도 장장 여덟 달의 장기 코스로. 어떻게 그렇게 긴 외톨이 여행을 계획할 수 있었냐 하면 '뭘 몰라서'라고 할 수 있겠다. 그땐 반복되는 바쁜 일상에 치여 정신적 탈진 상태였고 '혼자 떠나는 유럽 여행'이라는 낭만만이 삶의 대들보였다. 이 익숙한 땅에서조차 혼자가 낯설었던 주제에, 먼 이국땅에라도 가면 삶의 모든 문제가 해결되고 정신의 모든 염증이 치료되어 인생이 뒤바뀔 줄 알았다. 고독 사대주의였나보다. 혼자라 외롭기도 하겠지. 그렇지만 런던의 론리하트라니 얼마나 낭만적이야! 그때의 생각은 그랬다.

나는 그런 혼자의 낭만에 매혹되어 혼자의 기술이 전무했음에도 나 홀로 떠났다. 그리고 극한의 고독과 자존의 추락을 맛보게 된다. 다시금 게임으로 비유하면, 아직 하늘을 나는 기술도 획득하지 못했으면서 '천공의 협곡' 같은 고난이도 맵에 덜컥 뛰어든

셈이었다. 그 먼 나라에서 영혼이 산산이 부서졌다 재조립되는 과정은 지난 책에 소상히 풀어놨으니 다시 쓰지는 않겠다. 하지만 결과적으로 그런 지옥 코스를 겪은 끝에 마침내 나는 혼자의 기술을 획득했다. 무엇이든 무리 짓지 않고도 해낼 수 있는 사람이 되었다.

우리의 일상 속에서 혼자의 기술은 이렇게 활용된다. 아침부터 회의가 빼곡한 어느 날, 빠듯한 일정과 연이은 야근 때문에 곤두선 사람들 틈에서 시달리다보면 마음이 부대낀다. 친숙한 동료들이지만 밥 시간만은 혼자 있고 싶다. 그럴 땐 점심시간에 약속이 있다고 하고 홀로 회사를 나선다. 좋아하는 시집 한 권을 들고 회사 사람들이 잘 찾지 않는 호젓한 식당에 간다. 밥 한술에 시 한 줄을 읽으며 관계 속에서 마구 휘저어져 기포가 잔뜩 일어난 마음, 탄산수같이 따가운 마음을 차분차분 가라앉힌다. 그러면 홀로 돌아오는 길엔 한결 마음이 낫다. 오후를 버틸 힘이 충전된다.

어떤 날 퇴근길엔 집에 바로 들어가기 싫다. 그렇다고 부러 약속을 만들 정도의 정신적 에너지는 없다. 그럴 땐 휴대폰 영화 예매 앱으로 평소 보고 싶었던 영화를 재빨리 예매한다. 어떤 영화라도, 자리는 후미질지언정 한 사람 자리 정도는 늘 있다. 그렇게 혼자 극장에 가 나를 부드럽게 끌어안는 어둠을 느끼며 영화에 몰입한다. 일행이 있을 때보다 한결 영화에 집중하게 된다. 불이 꺼지면 암흑 속에서 우리는 모두 단독자인 것 같지만, 그 와중에도 은연중 동행인을 신경써왔나보다. 혼자가 되니 이렇게 스크린과 뇌가 강력하게 연결된 기분이 드는 걸 보면.

그렇게 홀로 영화를 보고 돌아가던 수많은 귀갓길이 하나같이 생생하다. 한 인간이 우주적 미아가 된 영화를 보고 돌아가는 길, 저 꺼먼 하늘이 막막하고 무서워 벌벌 떨었던 기억이 난다. 주인 공들이 흑맥주를 맛있게 마시던 액션영화를 보고 돌아가는 길, 편의점에서 캔맥주를 샀던 기억이 난다. 가슴이 몽글몽글해지는 사랑영화를 보고 돌아가는 길, 누군가에게 떨리는 목소리로 전화 를 걸었던 기억도 난다. 세상에 그 영화와 나 단 둘뿐인 것처럼 몰 입했기에 가능했던 기억들.

일없이 뒹굴며 하루를 탕진한 휴일엔 돌연 소일거리를 싸 들고 가까운 카페로 간다. 책과 노트북, 낙서장, 색칠공부 책이나, 뜨개 질감이라도 들고서. 집 안에서도 너끈히 할 수 있는 일이지만 쾌 적한 실내온도를 느끼며 향긋한 마실 거리를 앞에 두고 적당한 소 음과 함께 몰입하면 기분이 사뭇 다르다. 심지어 생산성마저 높아 진다. 바로 지금 이 글도 그렇게 쓰고 있음이다.

아직 혼자의 기술을 획득하지 못해 혼자가 낯설고 머쓱한 사람 들에게 흔히들 그런다. "사람들은 네가 생각하는 것만큼 남에게 관심이 없어. 네가 혼자이든 아니든 말야." 이 말은 물론 사실이 다. 바글대는 카페에서도, 번잡한 식당에서도 타인들이란 그저 내 인생의 배경화면일 뿐이니까. 남이야 둘이 오건 혼자 오건 심지어 반쪽이 오건 누구도 주의를 기울이지 않는다. 나도 혼자의 기술을 막 연마하던 초보 시절엔 연인 소굴이거나 사교의 장인 곳에나 홀로 진입할 때엔 심호흡을 하고 그 말을 되뇌곤 했다. '사람들은 나에게 관심이 없다. 사람들은 나에게 관심이 없다……'

그런데 혼자의 기술이 늘어감에 따라 나는 이런 경지까지 이른 것 같다. '사람들이 나에게 관심 있건 없건, 그것이 나에게 관심이 없다.' 2인 이상이 보편적인 장소, 이를테면 숯불갈빗집이나 패밀리 레스토랑에 내가 혼자 나타났다고 치자. 그렇다 할지라도 실제로 많은 사람들은 그에 큰 관심이 없을 것이다. 그런 와중 아주 드물지만 한두 명은 시선을 줄 수도, 수런거릴 수도 있다. 그런데 이젠 그마저 나에게 전혀 중요하지 않다는 말이다. 영혼이든 배 속이든 내가 내 것을 채우겠다는데 남들의 가치 판단 따위 무에 중요한가. 이따금 부모님이나 상사 등 우리의 인생을 실제 좌우할 자들의 가치 판단도 예사로 무시하고, 반항하는 우리 아닌가. 평생 다시 볼 일이 없을 사람의 희한하다는 눈빛 따위 신경쓸 필요가 하나도 없다.

그렇게 마음을 다잡으며 우리의 혼자 레벨은 올라가고 갈 수 있는 맵은 점점 확장된다. 고독의 망토를 두른 외톨이 황제가 되어 세상을 정복해나간다. 그 망토는 남루하지만 편안하다. 영원히 입고 싶을 만큼.

술

나를 웃게 하는 유쾌한 친구.
용기를 솟게 하는 호방한 친구.
혼자서도 춤추게 하는 흥 많은 친구이자
꺼리던 사람까지 품게 하는 정 많은 친구.

하지만
공포를 제거하는 무모한 친구.
기억을 앗아가는 도적 같은 친구.
다음날 뒤통수치는 뒤끝 있는 친구이자
내일의 행복을 가불해 쓰게 하는 대책 없는 친구.

딸내미가 살림은 잘하고 있나 둘러보시는 엄마

갑자기 말씀하셨다

그것들은 다 비우고 자랑스레 진열해둔
와인병들이었다

결국 알아채신 엄마의
우리 딸
술고래구나…
의 눈빛

치…치울걸

뒤로
걷는 사람

인생은 앞으로 걸어가야 옳다. 지나온 길이 과거라면 가야 할 길은 미래다. 앞으로 걷는다는 건 미래를 정면으로 마주하며 과거를 단호하게 뒤에다 두고 전진한다는 뜻이다. 설령 길을 헤맬지라도 이 자세만은 잃지 않아야 한다.

하지만 이렇게 멀쩡히 앞으로 걸어가도 모자랄 판에 가끔 내가 인생을 뒤로 걷고 있다는 생각이 든다. 정체되는 건 두려우니까 길을 따라 걷긴 걷는데 뒤로 돌아 궁둥이를 전방에 놓고, 엉거주춤 뒷걸음질치고 있다. 시선이 닿는 곳은 나아갈 길이 아니라 이미 지나온 길이다. 등뒤에 내려놓고 잊어야 할 과거만을 애달프게 바라보고, 다시 돌아갈 수 없어 끙끙 앓고 있다. 늘 1초 전이 더 행복하다. 반면 정작 똑바로 마주해야 할 미래는 두려워 등뒤에 두고, 차마 마주보지 못한 채 언제 그것이 내 뒤통수를 칠까 두려위 떨고 있다. 늘 1초 뒤가 불안하다. 이렇게 무서우면 차라리 멈춰 서는 것이 옳으련만, 가기는 가야 하니까 기형적으로 걷고 있다. 괴상한 모양새로 걷고 있다.

이런 생각이 들면 나는 몸을 뒤집으려고 애쓴다. 앞으로 몸을 돌리려고 애쓴다. 이렇게 뒷걸음질로 나아가면 안 돼. 앞으로 걸어야 해. 잘못된 길을 갈지언정 놓아야 할 과거는 놓고 맞이해야 할 미래는 맞이해야 해. 회한과 불안에 좀먹히면 안 돼. 똑바로 걷자. 그러지 못할 바엔 차라리 멈춰서 숨을 고르자.

여름의
조각들

나의 본가는 올림픽공원 인근에 있다. 서울에서 좀처럼 보기 힘든 거대한 녹지와 시민들을 위한 체육시설이 가득찬 그곳. 우리 가족이 올림픽공원 근처에 산 지는 15년 남짓 되었다. 그 긴 시간 동안 신체활동을 즐기는 부모님께서는 공원을 최대치로 활용하셨다. 날마다 "공원 한 바퀴 걷고 올게" 하고 나가서 봉긋한 구릉을 날다람쥐처럼 누비고 다니셨고 때로는 배드민턴 라켓 같은 걸 들고 나가 마하의 속도로 셔틀콕을 튕기다 오셨다. 헬스나 수영같이 저렴하게 제공되는 운동 프로그램에도 곧잘 참여하시곤 했다.

함께 살 적에 부모님이 나에게 숱하게 하셨던 말씀이 있었다. "같이 공원 가자." 나는 늘 고개를 도리질했다. 나는 온몸이 터진 인간이기 때문이다. 속속들이 게을러터진 인간이기 때문이다. 해서 그런 천혜의 운동시설을 지척에 두고도 살며 이용한 적은 거의 없다. 차라리 교복 입던 시절 연예인 팬미팅이나 콘서트 따위로 올림픽공원을 찾은 기억이 더 많을 정도로.

그러던 어느 여름날이었다. 기록적 폭염이 이어지고 있었다. 주말을 맞이하여 모처럼 본가를 찾아 선풍기를 끌어안고 빈둥거리고 있는데 부모님께서 말씀하셨다. 수백번째 말해오신 그 문장을.

"같이 공원 가자."
"이 더운데?"
"수영장 가자."

수영장이라. 뉴스를 틀면 찜통이니 한증막이니 불가마니 날씨를 표현하는 말의 수위가 나날이 높아지고 있었다. 습기 때문에 공기 반 물 반인 것 같은 기분이었다. 공원이라면 늘 고개를 젓는 나지만 수영장만큼은 매력적이었다. 이 집요한 더위! 이 징그러운 습기! 이 물기 머금은 공기가 버티기 힘들다면 차라리 물의 나라에 직접 뛰어드는 편이 낫겠어.

"근데 나 수영복 없는데?"
"엄마 거 입어."

그렇게 나는 수영복 한 벌을 빌려 부모님과 함께 실로 오랜만에 올림픽공원으로 향했다. 누군가의 공연이 있는지 폭염 가운데에도 진을 치고 앉은 소녀팬들이 많았다. 여전하도다, 폭염보다 뜨거운 사랑을 품은 나의 후예들이여. 짙어진 풀냄새를 맡으며 매미군단의 절규와 함께 수영장 건물에 들어섰다. 올림픽공원이니 88년에 지어졌겠지. 그래도 생각보다 훨씬 쾌적하네. 지척에 두고도 이제야 이곳을 찾다니, 나도 참.

나는 실내 풀장이라는 곳에 너무도 오랜만에 간 탓에 모든 과정이 낯설었고 일일이 엄마의 조언을 들어야 했다. 집에서 챙겨온 수건 한 장을 젖지 않도록 싸매서 들고 갈 것, 샤워장 한켠에 잘 비치하고 위치를 기억해둘 것, 온몸을 구석구석 씻고 수영복을 입을 것, 로커 키는 발목에 꼭 차고 있을 것, 풀장의 길이는 50미터인데 25미터가 넘어가면 수심이 2미터로 깊어지니 조심할 것, 남들과 적당한 간격을 유지할 것 등등. 나는 따라야 할 룰이 많아 다소 긴장하며 풀장에 들어섰다.

그 기분. 여름날 풀장에 들어서는 그 기분이란. 파랗게 일렁이는 거대한 물과 조각조각 반짝이는 빛의 비늘. 물에 번진 듯 먹먹하게 울리는 사람들의 소음과 그 틈을 비집고 이따금씩 울리는 호각 소리. 조심조심 걷게 되는 차가운 타일 바닥과 수돗물이 가득할 때 나는 싸한 냄새. 삽시간에 나를 유년 시절로 돌려놓는 그리운 광경이었다. 감상에 젖은 나를 두고 엄마 아빠는 첨벙첨벙 물에 뛰어들었다. 우리는 각자 흩어져서 수영하기 시작했다. 간신히 자유형만 뗀 나는 초급 레인, 이미 체육인인 엄마와 아빠는 각각 중급과 상급 레인이었다.

풀장의 공기는 태양이 장악한 바깥과는 딴판이었다. 올해 최고 기온을 갱신한 날이었음에도 그곳엔 청량함만 가득했다. 파랑의 나라였다. 잠시 움직임을 멈추고 서 있으면 으슬으슬할 지경이었다. 첨벙첨벙 헤엄을 쳐서 앞으로 앞으로 나아갔다. 이따금씩 엄마나 아빠가 옆 레인에서 나를 보고 씨익 웃었다. 열심히 수영을 하다 반환점에 잠시 서서 숨을 고르는데 한 아주머니가 나에게 손짓했다. 나는 수영장 매너에 있어서 내가 뭔가 실수한 게 있나 싶어 긴장하며 다가갔다.

"저기, 내 폼 좀 봐줄 수 있어요?"

"네?"

"내가 접영을 연습중인데 봐주는 사람이 있어야지. 내가 저기까지 갈 테니까 물위로 내 엉덩이가 보이는지, 안 보이는지 좀 봐줄래요?"

동네 수영장에선 서로 엉덩이 관찰을 의뢰하는구나! 나는 흔쾌히 그러겠다고 했다. 물안경까지 벗고 주의를 집중해 낯선 아주머니의 엉덩이를 유심히 살폈다. 그리고 저멀리서 멈춰 서서 나를 기다리는 아주머니에게 어푸어푸 헤엄쳐 다가가 아주머니의 엉덩이가 얼마나, 어떻게 보이는지 잘 설명해드렸다. 아주머니는 흡족해하시며 저쪽 2미터 깊이 풀에서 바닥을 찍고 쑤욱 수면으로 올라오는 법을 아냐고 물어보셨다. 잘 모르겠다고 하니 가서 해보자고 하셨다. 나를 끌고 가서 시범을 보여주시더니 겁먹지 말고 따라 해보라고 하셨다. 못 올라오면 자기 팔을 잡고 올라오면 된다고. 나는 아주머니께 생명을 의탁하고 잠수 훈련을 했다. 이 상황이 재미있었다. 따져보니 가족이나 친구 외 사람과 이렇게 두런두런 이야기를 나눈 것도 오랜만이었다. 그것도 서로 반쯤 벗은 맨몸뚱이로 말이다.

입술에 핏기가 가실 정도로 열심히 수영을 하고 샤워를 마치고 바깥으로 나왔다. 젖은 머리에 후끈한 여름 공기가 훅 밀려들었다. 그리고 온몸에 힘이 하나도 안 들어갈 정도로 배가 고팠다. 핏속의 모든 에너지를 다 끌어다 써 발끝까지 텅 빈 것 같은 허기였다. 수영장에서 막 나온 이 기분도 참 오랜만이로군. 극한의 허기를 채우기 위해서는 푸진 식사가 필요했다. 우리 가족은 식당으로 가 오늘의 수영에 대해 이야기를 나누며 양껏 고기를 먹었다. 인혜 너는 자유형 할 때 팔을 이렇게 좀 접어봐. 그렇게 풍차처럼 돌리기만 하면 꼭 애들 수영 같다고. 엄마, 난 거기까진 안 배웠단 말야. 이봐들, 나는 오늘 15바퀴 돌았어. 1500미터라고. 아이고, 물고기가 따로 없네.

가족과 함께 헤엄치고 젖은 머리로 배를 채우는 이 시간이 즐거웠다. 다시 어린아이로 돌아간 것 같았다. 계곡이나 한강 수영장에서 진이 쏙 빠지도록 물장구를 치고 나서 어깨에 수건을 덮고 닭백숙 따위를 뜯던 어린 시절 같았다. 부모님이 그간 함께 공원 한번 가자고 그렇게나 말씀하셨는데 외면했던 것이 송구했다. 서른다섯이나 되어서야 따라나선 것이 민망했다. 그래도 뭐 이제라도 함께 온 것이 어디야.

온 나라가 폭염으로 들끓는 가운데 기적같이 청량했던 풀장의 공기. 두 팔로 힘껏 물살을 가르고 두 다리로 물을 걷어차며 앞으로 앞으로 나아간 경험. 모르는 사람과의 대화. 나보다 월등하게 체력이 좋은 엄마와 아빠. 이 물빛 기억은 내 마음의 보석함에 담겨 영원히 빛날 거라 생각했다. 마치 푸른 보석처럼.

가치 없음엔
가차없이

돌아가신 외할머니는 여수 사람이었다. 창밖으로 잿빛 수평선이 살짝 보이는 오래된 주택에 사셨다. 혼자 사시기에 부족하지 않은 공간이었음에도 할머니는 몸 누일 공간만 겨우 있는 작은 방 한 칸에서 기거하셨다. 다른 공간들은 짐으로 빼곡했기 때문이다. 할머니는 물건을 좀처럼 버리지 않는 분이었다. 그 집엔 창살이 성글어 손가락이 쑥 들어가는 옛날 선풍기부터 엄마가 학생 때 쓰던 주판까지 없는 게 없었다. 할머니가 돌아가시기 전에 엄마는 여수에 다녀올 적마다 "나중에 저 짐들 박물관에 기증이라도 해야 하려나? 역사 자료가 따로 없네" 하고 웃었다. 실제로 그렇게 하진 않았지만 말이다.

어쩌면 나에게도 그런 수집벽의 피가 흐르고 있을지도 모른다는 생각을 해왔다. 나도 물건을 쉬 버리지 못하는 성미였기 때문이다. 한때 햄스터를 키우며 알게 됐다. 햄스터hamster라는 이름은 독일어 hamstern에서 유래되었다는 사실. 이는 '저장하다, 비축하다, 사재다'라는 뜻이다. 그 이름처럼 햄스터는 뭐든 집요하게 저장해댔다. 가끔 청소를 위해 둥우리를 뒤집으면 별의별 것이 다 쌓여 있었다. 나 역시 명실상부 햄스터형 인간이었다.

부모님과 살 적엔 그랬다. 어떤 물건은 아까워서, 어떤 물건은 언젠가 쓸까봐, 어떤 물건은 추억이 서려서 버리지 못하고 저장했다. 예를 들면 그런 것들 말이다. 고등학교 때 쓰던 정석 책 같은 것. 살며 정석 책을 다시 펴볼 일이 있을 리 만무함에도 그 두터운 책 한 권에 울고 웃었던 추억이 생각나 어쩐지 버릴 수가 없었다. 정석뿐인가 기본영어도, 지리부도도, 공들여 채워간 필기 노트도 버리지 못했다. 대학 시절 비싸게 주고 산 전공서적들도 모두 모셔두고 살았고, 좋아하던 프로그램들을 녹화해둔 비디오테이프들까지 갖고 있었다. 이미 집에서 비디오플레이어가 사라졌음에도 말이다. 옷가지나 화장품은 말할 것도 없었다. 입으면 패션 테러리스트를 넘어서 패션 핵폭탄이 될 구닥다리 옷들도 다 껴안고 살았다. 언제 받았는지 기억이 나기는커녕 이미 그 브랜드조차 망해버린 화장품 샘플들까지 쟁이고 살았다.

이런 저장 강박 증상이 서서히 사라진 것은 혼자 살기 시작한 후였다. 나의 경제력으로는 그 모든 수집 열망을 감당할 '공간'을 갖출 수가 없었다. 집은 좁았고, 좁은 집에 산다는 것은 수납과의 전쟁이었다. 처음엔 새것을 사기 위해 있던 것을 버렸다. 집에 바늘 하나 찔러넣을 틈조차 없었기 때문에 코트 한 벌을 사려면 있던 코트를 버리는 수밖에 없었다. 새로운 물건을 향한 열망과 갖고 있던 물건에 얽힌 집착 중 누가 힘이 센지 날마다 저울질해야 했다. 대부분 새 물건을 향한 열망이 이겨 갖고 있던 것들이 버려졌다. 그렇게 물건을 하나둘씩 버리기 시작하며 살면서 처음으로 새로운 쾌감에 눈을 떴다. 그것은 '버리는 쾌감'이었다. 그토록 집착하던 것들을 버리면 사지 어딘가를 떼내고 온 듯 고통스러울 줄 알았는데 아니었다. 오히려 혹을 떼내고 온 듯 후련한 것이 아닌가.

최초로 버리기 시작한 건 진작 다 쓴 물건들, 이미 쓰레기로 분류된 물건들이었다. 아니, 그런 것들조차 안 버리고 살았단 말이야? 의아할 수도 있겠지만 나는 집착의 황제였다. 비싸게 주고 샀던 화장품 같은 것은 공병조차 버리기 망설였다. 낙서로 채운 연습장 따위도 내 흔적이라 생각하니 아까워 품고 살았다. 하지만 이 좁은 집에, 그런 것이 설 자린 없었다. 너희는 모두 아웃.

그다음으로 버리게 된 건 지난 몇 년간 손도 대지 않은 물건들, 이미 내 마음에서 외곽으로 밀려난 물건들이었다. 유행이 바뀌어 더는 입을 수 없는 청바지라거나, 너무 애들 같아 이제는 입기 머쓱한 티셔츠들이 버려졌다. 물론 한때 많이 아꼈던 것들이라 옷장에서 끄집어내는 손끝에 망설임이 그득했다. 이 옷은 용돈 모아서 샀는데. 이 옷은 구매대행까지 했는데. 하지만 막상 버리고 나니

단 그 옷이 다시 생각난 적은 한 번도 없었다. 사실 누군가 나 몰래 버렸다 해도 인지조차 못했을 옷들이었으니까.

마지막으로 버리게 된 것은 필요 없음을 알면서도 마음의 짐 때문에 쌓고 살던 것들이었다. 대표적으로 이런 옷이 떠오른다. 대학생 때 아빠가 어딘가에서 의외의 수입이 생겼는지 백화점에서 옷 한 벌을 사주시겠다고 한 적이 있다. 나는 신나서 따라나섰는데 딱히 필요한 옷도, 갖고 싶던 옷도 없었던지라 한참 동안 백화점을 빙빙 돌기만 했다. 다리가 아파올수록 점점 초조해져갔다. 백화점에서 옷을 얻어 입을 이런 기회는 다시 없는데, 뭐라도 사야 하는데. 그러다 대단히 맘에 들진 않지만 저거라도 사야겠다 싶은 옷을 발견했다. 그런데 그 옷은 쓸데없이 비쌌다. 아빠는 딸내미에게 백화점에서 옷 한 벌 해주는데 값이 무에 문제냐는 듯 "맘에 드냐? 사라!" 하고 흔쾌히 말씀하셨다. 나는 '저 옷을 내가 과연 입을 것인가' 고뇌했지만 '이런 기회 다시 없다'는 탐욕에 지고 말았다.

그렇게 들고 온 그 옷은 내가 가진 다른 옷들과 하나도 어울리지 않았고, 애초 대단히 맘에 들지 않았던지라 별로 손도 가지 않았다. 그렇게 10년이 넘게 그 옷은 내 옷장에 걸려만 있었다. 어떻게 버리겠는가! 저 값비싼 옷을 아빠에게 얻어내놓고 제대로 입지도 않았는데. 저 옷은 아직 새 옷인데. 그 옷을 걸어두고 볼 적마다 마음이 무거워지는 것은 일종의 형벌이었다. 탐욕에 눈이 멀었던 나의 과오를 두고두고 반성해야 했다.

그렇지만 그것에도 시효가 있다는 생각이 들었다. 10년 넘게 반성했으니 이제 됐다. 나는 이제 석방.

그렇게 물건들을 하나둘씩 버리게 되면서 마음이 산뜻해지는 것을 느꼈다. 집에 자욱했던 집착의 기운이 빠지는 느낌이 들었다. 뭔가를 버릴까 말까 망설이다 처분하기 아까운 기분이 들면 그런 생각을 한다. 그 무엇과 비교해도 내 공간만큼 비싼 것이 없다고. 이 쓸모없는 물건이 내 세계의 일부를 차지하고 내 우주를 갉아먹고 있는 이 상황이 도리어 돈을 낭비하고 있는 거라고. 그렇게 생각하면 물건을 버릴 때 아까운 마음이 줄어든다. 물건을 처분하고 나서 새로 돋아난 공간을 보면 흐뭇하기까지 하다.

더불어 요즘 들어 세운 원칙은 이것이다. 물건은 내가 존재를 속속들이 파악하고 확실히 장악할 수 있는 범위만 갖추고 살 것. 물건이 너무 많으면 내가 뭘 갖고 있는지 모를 때가 많다. 옷이 너무 많으면 내게 무슨 옷이 있는지 모르게 된다. 있는 옷과 흡사한 걸 또 사게 되기도 하고, 사놓고 샀다는 사실조차 잊어 태그도 안 뗀 옷이 발견되기도 한다. 한아름의 여름옷이 상자에 깊숙이 처박혀 여름을 무기력하게 흘려보낸 적도 있다.

이제 그런 삶은 싫다. 5벌이면 5벌, 10벌이면 10벌, 내 소유의 옷은 모두 내가 각각의 존재를 제대로 파악하고 있는 상태가 좋다. 내 장악의 범위 안에 들지 못하는 것들은 과감하게 버려야겠지.

이렇게 쓰고 보니 내가 굉장한 미니멀리스트 같지만 실제 그 정도는 아니다. 꽤 많은 것을 버리긴 했지만 아직도 지네처럼 신발이 많고 히드라처럼 모자도 많다. 그래도 기본적인 마음 자세는 확실히 바뀌었다. 단출하고 심플하게, 먼 나라에 여행 가는 사람처럼 살고자 하는 마음. 여행을 떠날 때는 가장 좋아하는 옷과 가장 좋아하는 신발, 가장 좋아하는 책만 챙길 수 있다. 여행지에선 물건을 살 적에도 그것이 결국 나를 내 가방을 무겁게 할 것을 알기에 한없이 신중해진다. 나는 그런 마음으로 살고 싶다. 나에게 무엇이 있는지 속속들이 파악할 수 있는 정도만 갖고 싶고, 집에 새로운 것을 들일 때는 그것이 짐이 되지 않도록 치열하게 고민하고 싶다.

요즘은 쉬는 날 수시로 온 집을 한 바퀴 둘러본다. 오늘은 뭐 버릴 것 없나, 하고. 마침내 뭔가 버릴 것을 발견하고 그것을 의류 수거함이나 쓰레기통에 툭 내려놓고 돌아서는 마음이 더없이 상쾌하다.

혼잣말

들어주는 상대 없이 혼자서 하는 말.

일인생활자가 칩거하다보면
종일 조음기관을 일절 사용하지 않는 경우가 많다.
문득, 목소리를 잃었을지 모른다는 불안감이 들어
공연히 흠흠 목울대를 가다듬고
듣는 이 하나 없는 의미 없는 소리를 내보기도 한다.

때로는 대화 상대가 있을 때조차
내 음성이 그의 내부에 가닿지 않으면
혼잣말이라 여겨지기도 한다.

나의 이 긴말이 혼잣말로 휘발되지 않도록
귀를 활짝 열고 마음의 한켠에 가둬준
독자 여러분께 감사를.

제법 잘 샀다!
루나의 살림

블루투스 스피커 ♪♬
음악과 팟캐스트를 언제
어디서나 즐길 수 있다!
설거지 할때도, 샤워할 때도!
단 충전이 다소 귀찮다.

침구 청소기
이불을 팡팡 털기 힘든
비염인이라면 갖춰두면
좋다. 하지만 무겁고 소음이
심해 자주 쓰진 않는다.

커피포트
별로 안 쓸 줄 알았는데
엄청 많이 쓴다. 차
마실때, 물주마르크
채울 때, 요리하다 물
더 필요할 때 등등…

강추!

막대 걸레 자취인의 청소 필수템
걸레질 대신 물티슈를 끼워 문지른다.
환경 오염에 대한
가책이 들기도 한다.

필수!

테이프 클리너
당신은 털을
뿜는 짐승.
이것이 있어야 집이
머리털 정글이 되지
않는다.

향초
혼자 분위기
잡을 때, 손님
오셨을 때 요긴.
집 안에 양파
썩는 내가 가득할 때도
꼭 필요하다.

전자레인지 밥솥 없이는 살아도
이것 없이는 못 먹고 살듯. 즉석밥은
자취생의 영혼이다.

LUNA PARK

무선 진공 청소기
다소 비싸도 제값
한다. 청소에
날개를 달아
준다.

롱 라이터 향초 켤 때 필수다.

꼭꼬핀 못 박기
힘든 세입자라면
무조건 살 것! 노벨상을
주고 싶은 아이템이다.

세단기
개인정보
가득한 종이류
버릴때 유용하다.

대박!

미니오븐 오븐 낭만이
어마어마해서 샀는데
초반에 홈베이킹 조금
깔짝거리고 그후로 가사
상태에 빠져들다. 제대로
된 오븐 요리를 하기엔 성능도 미흡. 차라리 전자
레인지 겸용 오븐을 살 걸 그랬나 다소 후회중이다.

토스터 관상용
가전 2탄. 근사한
아침 식사를 위해
구비했으나 거의
쓰지 않는다. 빵을 굽더라도 계란물 입혀
프라이팬에 굽는 일이 더 많다는 사실.

다리미 안 사기도
사기도 애매~한
가전. 구겨진 옷이
남사스러워 사긴 했으나
1년에 서너 번 쓴다.

애매~

앞치마 초보 살림꾼의
낭만템이라 독립 하자마자
갖추었으나 사용
빈도 제로에 수렴.
때로는 고무장갑
끼는 것도 귀찮은데
의상까지 갖출리가…

허브 화분 맡고 뜯고 맛보고
즐기고(?) 하려고 했으나
너무나 민감한 식물이라
죽이기 십상. 주변 독거인들
중 허브를 장수하게 한 자가 없다.
차라리 다육식물이 낫다!

약해

너무 싼 **휴지** 혼자 쓰면
휴지 소진하는데 하세월이다.
그릇된 휴지 선택은 수개월
고통이 되니 좋은 놈으로 살 것!

폼롤러
'남들은 안 써도 나는
쓸거야'라는 생각은
오만, 자만, 교만! 나는
목침 하나를 얻었다.

**빨래 삶는
전용솥**

주부 9단도 안 사는
이것을 왜 산걸까… 산 날
딱 하루 쓰고 봉인됐다.

반짝이지 않아도

나는 애니메이션을 좋아한다. 새로운 애니메이션이 개봉하면 꼭 꼭 찾아보곤 한다. 요즘의 3D 애니메이션은 그 기술이 훌륭해서 화면 속 모든 것이 실물을 찍은 듯 생생하다. 물결치는 주인공의 머리카락부터 흩날리는 눈송이까지, 장면 장면 눈물겹게 아름답다.

하지만 애니메이션이 발전을 거듭해 현실과 흡사해질수록 그 아름다움이 때로 낯설다. 더러운 것, 추한 것, 불필요한 것이 모두 소거된 아름다움이기 때문이다. 우리가 노상 걷는 현실의 길거리를 맨눈으로 보면 거기엔 함부로 뱉은 껌 자국이 기미 주근깨처럼 박혀 있고, 취객의 구토 흔적도 곧잘 발견된다. 개미가 헤집고 있는 지렁이 시체도 있고, 벼룩이 들끓는 비둘기 무리도 있다. 때로 하수구에서 비릿한 악취가 나고, 누군가 짓이긴 은행이 고약한 냄새를 뿜기도 한다.

3D 애니메이션의 거리엔 그런 것이 없다. 거기엔 정제된 아름다움만 존재한다. 혹 디테일에 목숨을 거는 어떤 애니메이터가 거리의 껌 자국이나 지렁이 시체까지 재현했다고 해도 그리 더럽고 불쾌한 기분은 들지 않을 것이다. 그 역시 플라스틱처럼 매끈하고 아름답게 구현했을 테니까.

사람들의 SNS를 구경하다보면 3D 애니메이션의 한 장면 같을 때가 있다. 거기에서 더러운 것, 추한 것, 불필요한 것은 찾아보기 힘들다. 지나치게 매끈하다. SNS에는 인생에서 반짝이는 부분만 정제되어 올라가기 마련이니까. 그래서 SNS를 들여다보면 이 사람의 인생에 불안도, 불편도, 불행도 없을 것만 같다. 물론 나의 SNS도 마찬가지다. 나 역시 평소 먹기 힘든 값진 음식을 대할 때만 근사한 각도로 사진을 찍어 올린다. 집 안을 둘러보고 그럴듯한 부분만 네모지게 잘라 전시한다. SNS에는 삶의 가장 빛나는 부분만 보여진다. 때로 고통이나 번민을 하소연하지만 아름다운 필터를 씌우면 그마저 힙해지기 마련이다.

SNS만 들여다보면 내 외톨이 삶도 마냥 근사하고 여유로워 보일지 모르겠다. 거기엔 햇살 쏟아지는 내 침실, 예쁘게 가꾼 화분, 새로 산 가구들의 사진만 즐비하니까. 하지만 이 책에서만큼은 독거의 아름다운 부분만 뚝 잘라서 보여주고 싶지 않았다. 애니메이션 속의 길거리가 아니라 실제 길거리를 보여주고 싶었다. 이따금 치받는 불안, 고질적인 우울, 혼자 사는 사람에게 닥치는 위협이

나 그에 따른 공포까지도, 모든 것을 가감 없이 보여주고 싶었다. 그것이 혼자 살고 있는 나의 동료들이나, 혼자 살기를 궁리중인 예비 동료들에 대한 예의라고 생각했기 때문이다.

에필로그를 쓰고 있는 지금은 한여름이다. 이번 여름의 무더위는 폭력적이었다. 얼마 전 SNS에 새로 바꾼 여름 침구 사진을 올린 적이 있다. 사진 속 나의 일상은 고슬고슬한 새 이불처럼 말갛고 해사한 얼굴이지만, 그 이면에서 나는 무더위에 죽어가고 있다. 새집으로 이사 와서 처음 맞이한 여름, 옵션가전인 에어컨을 틀었더니 바람이 뜨끈했다. 폭염 탓에 수리 기사를 수배하기도 힘겨웠고 겨우 방문한 그는 수리비로 30만 원을 불렀다. 집주인과 1차로 통화를 했는데 생각 외의 고액에 혀를 내두르며, 그렇게 큰돈을 주고는 못 고쳐주겠다는 답이 돌아왔다.

차라리 내 에어컨이면 얼마가 들든 고치겠는데, 내가 고장내지도 않은 남의 에어컨을 그 돈을 주고 고칠 수도 없어 속을 끓이고 있다. 집주인과의 지리멸렬한 논쟁이 예상된다. 이 모든 분쟁에서 내 편은 오로지 나뿐이다. 누가 나 대신 싸워주겠는가. 아름답게 트리밍된 화면과 그 바깥의 진흙탕 싸움. 현실은 이렇게 말갛지도, 해사하지도 않다. 끈적거리고 땀냄새가 진동한다.

그렇다면 나는 혼자살이를 후회하는가? 결코 그렇지 않다. 부모님의 품을 떠나지 않았다면 있는지도 몰랐을 인생의 수많은 맛을 보았기 때문이다. 집주인과의 트러블은 쌉쌀하지만 자유의 맛은 다디달았다. 이따금 닥치는 위협은 눈물 쏙 빠지게 매웠지만 일상을 채운 낭만은 향긋했다. 문득문득 밀려드는 불안은 텁텁했지만 내 취향으로 집을 채우는 경험은 새콤했다. 스스로의 인생을 책임지는 일은 짜디짰지만 마음껏 손님을 초대하는 기분은 고소했다. 그 모든 경험이 없었다면 나는 오늘에 이르지 못했을 것이다. 시를 쓰지도 않았을 것이고, 새로이 사귄 수많은 친구도 없었을 것이고, 이 책도 존재하지 않았을 것이다. 그 무엇보다, 이렇게 순간순간이 새삼스러운 삶을 살지 못했을 것이다.

혼자 사는 인생은 매일매일 그 맛을 바꾸며 내 감각을 일깨운다. 달았다 하면 쓰고, 썼다 하면 시다. 애초 내가 안온한 삶을 떠나 홀로서기를 갈망했던 그 이유, 만사가 새삼스러운 삶이 지금 여기에 있다. 애니메이션처럼 아름답기만 하진 않지만 말이다.

인생은 결국 일인용이다.
나는 나와 반려하며, 나를 양육하며, 나를 살아내고 있다.

2016년 여름
덥고 습한 나의 집에서

혼자일 것
행복할 것

루나파크 : 독립생활의 기록

1판 1쇄 발행	2016년 11월 10일
1판 2쇄 발행	2016년 12월 5일

지은이	홍인혜
편집장	김지향
편집	김지향 이희숙 박선주 모니터링 이희연
디자인	이현정
마케팅	방미연 이재익
홍보	김희숙 김상만 이천희
제작	강신은 김동욱 임현식

펴낸이	이병률
펴낸곳	달 출판사
출판등록	2009년 5월 26일 제406-2009-000034호
주소	10881 경기도 파주시 회동길 210
전자우편	dal@munhak.com
페이스북	/dalpublishers
트위터	@dalpublishers
인스타그램	dalpublishers
전화번호	031-955-2666(편집) 031-955-2688(마케팅)
팩스	031-955-8855

ISBN	979-11-5816-047-0 03810

• 이 도서의 국립중앙도서관 출판예정도서목록(CIP)은 서지정보유통지원시스템 홈페이지 (http://seoji.nl.go.kr)와 국가자료공동목록시스템(http://www.nl.go.kr/kolisnet)에서 이용하실 수 있습니다. (CIP제어번호 : CIP2016026084)